UN ÉTÉ ARDENT

DU MÊME AUTEUR

La lune de papier (Fleuve Noir, 2008)

DU MÊME AUTEUR
CHEZ POCKET

Le voleur de goûter, 2002
La voix du violon, 2003
La forme de l'eau, 2004
Chien de faïence, 2004
L'excursion à Tindari, 2004
La démission de Montalbano, 2005
Le tour de la bouée, 2006
La première enquête de Montalbano, 2008
La peur de Montalbano, 2007

ANDREA CAMILLERI

UN ÉTÉ ARDENT

*Traduit de l'italien (Sicile)
par Serge Quadruppani
avec l'aide de Maruzza Loria*

Fleuve Noir

Titre original :
La Vampa d'Agosto

Le Code de la propriété intellectuelle n'autorisant, aux termes de l'article L. 122-5, 2° et 3° a, d'une part, que les « copies ou reproductions strictement réservées à l'usage privé du copiste et non destinées à une utilisation collective » et, d'autre part, que les analyses et les courtes citations dans un but d'exemple ou d'illustration, « toute représentation ou reproduction intégrale ou partielle faite sans le consentement de l'auteur ou de ses ayants droit ou ayants cause est illicite » (art. L. 122-4).

Cette représentation ou reproduction, par quelque procédé que ce soit, constituerait donc une contrefaçon sanctionnée par les articles L. 335-2 et suivants du Code de la propriété intellectuelle.

© 2006, Sellerio Editore, via Siracusa 50, Palermo
© 2008, Éditions Fleuve Noir, département d'Univers Poche,
pour la traduction française.
ISBN 978-2-265-08605-0

Avertissement du traducteur

L'œuvre littéraire d'Andrea Camilleri connaît dans son pays un succès tel, qu'on lui trouverait difficilement un équivalent dans le demi-siècle qui vient de s'écouler en Italie. Une bonne part de cette réussite tient à la langue si particulière qu'il emploie. En rendre la saveur est une entreprise délicate. Il faut d'abord faire percevoir les trois niveaux sur lesquels elle joue, chacun d'eux posant des problèmes spécifiques.

Le premier niveau est celui de l'italien « officiel », qui ne présente pas de difficulté particulière pour le traducteur : on le transpose dans un français le plus souvent situé, comme l'italien de l'auteur, dans un registre familier. Le troisième niveau est celui du dialecte pur : dans ces passages, toujours dialogués, soit le dialecte est suffisamment près de l'italien pour se passer de traduction, soit Camilleri en fournit une à la suite. À ce niveau-là, j'ai simplement traduit le dialecte en français en prenant la liberté de signaler dans le texte que le dialogue a lieu en sicilien (et en reproduisant parfois, pour la saveur, les phrases en dialecte, à côté du français).

La difficulté principale se présente au niveau intermédiaire, celui de l'italien sicilianisé, qui est à la fois celui du narrateur et de bon nombre de personnages. Il est truffé de termes qui ne sont pas du pur dialecte, mais plutôt des régionalismes (pour citer deux exemples très fréquents, » *taliare* pour *guardare*, « regarder », *spiare* pour *chiedere*, « demander »). Ces mots, Camilleri n'en fournit pas la traduction, car il les a placés de telle manière qu'on en saisisse le sens grâce au contexte (et aussi, souvent, grâce à la sonorité proche d'un mot connu). Voilà pourquoi les Italiens de bonne volonté (l'immense majorité, mais on en trouve encore qui prétendent ne rien comprendre à la langue « camillerienne ») n'ont pas besoin de glossaire, goûtent l'étrangeté de la langue et la comprennent pourtant.

Remplacer cette langue par un des parlers régionaux de la France ne m'a pas paru la bonne solution : soit ces parlers, tombés en désuétude, sont incompréhensibles à la plupart des lecteurs (et il semblerait bizarre de remplacer une langue bien vivante et ancrée dans les mots de la Sicile d'aujourd'hui par une langue morte), soit ce sont des modes de dire beaucoup trop éloignés des langues latines (un Camilleri en ch'timi aurait-il encore quelque chose de sicilien ?). Il a donc fallu renoncer à chercher terme à terme des équivalents à la totalité des régionalismes. Le « camillerien » n'est pas la transcription pure et simple d'un idiome par un linguiste, mais la création personnelle d'un écrivain, à partir du parler de la région d'Agrigente. Et cependant, si toute vraie traduction comporte une part de création littéraire, le traducteur doit aussi éviter de disputer son rôle à l'auteur : il était hors de question d'inventer une langue artificielle.

Pour rendre le niveau de l'italien sicilianisé, j'ai donc placé en certains endroits, comme des bornes rappelant à quels niveaux on se trouve, des termes du français du Midi. D'abord, parce que le français occitanisé s'est assez répandu, par diverses voies culturelles, pour que jusqu'à Calais on comprenne ce qu'est un « minot ». Ensuite, ces régionalismes apportent en français un parfum de Sud. J'ai par ailleurs choisi le parti de la littéralité, quand il s'est agi de rendre perceptibles certaines particularités de la construction des phrases (inversion sujet verbe : « *Montalbano sono* » : « Montalbano, je suis ») ou ce curieux emploi du passé simple (*chè fu ?* « qu'est-ce qu'il fut ? », pour « qu'est-ce qui se passe ? ») par où passe l'emphase sicilienne, ou bien encore l'usage intempérant de la préposition « à » avec des verbes directs, et le recours très fréquent à des formes pronominales (« se faisait un rêve » pour « faisait un rêve »), etc.

J'ai tenté aussi de transposer certaines des déformations qu'impose le maître de Porto Empedocle à l'italien classique, pour faire entendre la prononciation de sa terre : *pinsare* au lieu de *pensare* (« penser », en italien classique) a été traduit par *pinser*, *aricordarsi* au lieu de *ricordarsi* (se rappeller) a été traduit par s'« arappeler », etc. Choix sûrement discutable, mais qui me paraît encore comme la moins mauvaise des solutions, car elle permet de suivre l'évolution du style de notre auteur. En effet, l'abondance des transpositions de déformations orales n'est pas la même dans les premiers Montalbano que dans les derniers (il semble que, son public désormais conquis et habitué, Camilleri hésite moins à faire entendre les singularités de sa musique), et leur présence plus ou moins importante dans tel ou tel passage du même livre n'est pas dépourvue de significations, volontaires ou non.

L'ensemble de ces partis pris de traduction aboutit à une langue assez éloignée de ce qu'il est convenu d'appeler le « bon français » : ma traduction peut paraître peu fluide et s'éloigne souvent délibérément de la correction grammaticale. Mais depuis quelques dizaines d'années, le travail des traducteurs a été orienté par la tentative de mieux rendre la langue de leurs auteurs en échappant à la dictature de la « fluidité » et du « grammaticalement correct », qui avait imposé à des générations de lecteurs français une idée trop vague du style réel de tant d'auteurs. Un tel mouvement rejoint aussi le travail des auteurs francophones qui s'emploient à libérer leur expression du carcan d'une langue sur laquelle on a beaucoup trop légiféré. À l'intérieur de ce cadre, à mon artisanal niveau, l'essentiel était, me semble-t-il, de tenter de restituer auprès du lecteur français la plus grande partie de ce que ressent le lecteur italien non-sicilien à la lecture de Camilleri. Ce sentiment d'étrange familiarité que procure sa langue, écho de ce qu'on éprouve en rencontrant, en même temps qu'une île, une très ancienne et très moderne civilisation.

Serge Quadruppani

UN

Il était en train de dormir d'un sommeil à l'épreuve des coups de canon. À vrai dire : des coups de canon, oui, mais de la sonnerie du téléphone, non.

Un homme qui, au jour d'aujourd'hui, vit dans un pays civilisé comme le nôtre (ah ah), s'il perçoit au milieu de son sommeil des canonnades, les prend certainement pour le tonnerre de l'orage, des coups de feu pour la fête du saint patron ou le déplacement de meubles de la part de ces empaffés qui habitent l'étage au-dessus, et il continue de dormir en beauté. Mais la sonnerie du téléphone, la musiquette du portable, le ding dong de la porte, ça non, ça, ce sont toutes des rumeurs d'appel auxquelles un homme civilisé (ah ah) ne peut faire autrement que de les assumer des profondeurs de son sommeil et de leur répondre.

Et en conséquence, Montalbano se tira du lit, regarda la montre, regarda vers la fenêtre, comprit qu'il allait avoir très chaud et alla dans la salle à manger où le téléphone sonnait désespérément.

— Salvo, mais où t'étais ? Ça fait une demi-heure que j'appelle !

— Excuse-moi, Livia, j'étais sous la douche, je n'entendais pas.

Première calembredaine de la journée.

Pourquoi il avait dit ça ? Parce qu'il avait honte de dire à Livia qu'il était encore en train de dormir ou parce qu'il ne voulait pas la blesser en lui disant qu'il avait été aréveillé par ce coup de fil ? Bof.

— Tu es allé voir la villa ?

— Mais Livia ! Il est à peine 8 heures !

— Excuse-moi, mais je suis si impatiente de savoir si ça marche...

L'histoire avait commencé une quinzaine de jours auparavant, quand il avait dû communiquer à Livia que dans la première quinzaine d'août, contrairement à ce qu'ils avaient décidé, il ne pourrait bouger de Vigàta parce que Mimì Augello avait dû avancer ses vacances à cause d'une complication avec les beaux-parents. Ce qui n'avait pas eu les effets destructeurs auxquels il s'attendait, Livia aimait bien Beba, la femme de Mimì et Mimì lui-même. Elle s'était un peu lamentée, ça oui, et Montalbano s'était convaincu que ça allait en rester là. Mais il se trompait, et de beaucoup. Durant le coup de fil du lendemain soir, Livia avait sorti un refrain nouveau.

— Cherche tout de suite une maison, deux chambres à coucher, pile sur la mer, dans le coin.

— Je comprends pas. Pourquoi on devrait bouger de Marinella ?

— Qu'est-ce t'es idiot, Salvo, quand tu fais l'idiot ! Je parlais d'une maison pour Laura, son mari et l'enfant.

Laura était l'amie de cœur de Livia, celle à laquelle elle confiait ses petits secrets et aussi les grands.

— Ils viennent ici ?

— Oui. Ça te dérange ?

— Pas du tout, tu sais bien que Laura et son mari me sont sympathiques, mais...

— Explique-moi ça.

Ouh, quel tracassin !

— Je pensais qu'on aurait pu enfin rester seuls un moment, et...

— Ah ah ah !

Rire genre la sorcière de *Blanche-Neige et les sept nains*.

— Pardon, mais pourquoi tu ris ?
— Parce que tu sais très bien que celle qui va rester seule, c'est moi, moi, tu comprends, pendant que tu passeras tes journées et peut-être aussi tes nuits au commissariat à t'occuper de l'assassiné du jour !
— Mais non, Livia, ici, avec la chaleur qu'il fait, même les assassins attendent l'automne.
— C'est quoi, ça, un trait d'esprit ? Je devrais rire ?

Et comme ça, avait commencé la longue recherche, avec l'aide, non conclusive, de Catarella.

— *Dottori*, j'aurais trouvé une bitation comme la cherche vosseigneurie dans la campagne Pezzodipane.
— Mais la campagne Pezzodipane est à dix kilomètres de la mer !
— Vrai, c'est, mais en compensation, il y a un lac artificieux.

Ou bien :
— Livia, j'ai trouvé un petit appartement vraiment joli dans une espèce de résidence qui se trouve...
— Un petit appartement ? Je t'avais dit, clairement, une maison.
— Et un petit appartement, c'est pas une maison ? C'est quoi, une tente ?
— Non, un appartement, c'est pas une maison. C'est vous, les Siciliens, qui mélangez tout et qui appelez maison un appartement. Alors que quand je dis « maison », je veux dire « mison ». Tu veux que je m'explique mieux ? Tu dois chercher une petite villa pour une famille.

Dans les agences de Vigàta, on lui avait ri au nez.
— Alors vous, comme ça, le 16 juillet, vous prétendez trouver pour le 1er août une villa en bord de mer ? Mais tout est déjà loué !

On lui avait dit de laisser son numaro de tiliphone : si par hasard au dernier moment, quelqu'un se décommandait, on le préviendrait. Et le miracle advint quand vraiment il avait perdu la spérance.

— Allô, *dottor* Montalbano ? C'est l'agence Aurore. Une petite villa comme vous la cherchiez s'est libérée. Elle est à Marina di Monereale, lieu-dit Pizzo. Mais vous devriez passer tout de suite, nous allons fermer.

Il s'était précipité en plantant là un interrogatoire. D'après les photographies, elle avait vraiment l'air de ce que cherchait Livia. Avec M. Callara, propriétaire de l'agence, ils étaient restés d'accord que le lendemain matin, vers les 9 heures, il viendrait le prendre pour lui faire visiter la villa qui était du côté de Montereale, à moins de dix kilomètres de distance de Marinella.

Montalbano pinsa que dix kilomètres de la route pour Montereale, en plein été, pouvaient signifier aussi bien cinq minutes de voiture que deux heures, selon la circulation. Et tant pis, Livia et Laura devraient s'en contenter, ce truc, ça le faisait.

À peine en voiture, M. Callara acommença de parler et ne s'arrêta plus. Il débuta par l'histoire récente, racontant en détail comment la villa avait été louée à un certain Jacolino, qui faisait l'employé à Crémone, lequel avait versé les arrhes réglementaires. Mais juste le soir précédent, ce Jacolino avait téléphoné à l'agence en disant qu'à la mère de sa femme il était arrivé un accident en conséquence duquel ils ne pouvaient plus bouger de Crémone. Et donc l'agence l'avait appelé à lui, Montalbano.

Après, M. Callara attaqua l'histoire passée, c'est-à-dire qu'il conta, avec abondance de détails, comment et pourquoi avait été fabriquée la villa. Six ans auparavant, un sexagénaire qui s'appelait Angelo Speciale, Monterealais de naissance mais qui avait passé sa vie en Allemagne à besogner, avait décidé de se faire construire c'te villa pour y habiter, revenant ainsi définitivement dans son pays avec sa femme allemande. Laquelle femme allemande, qui s'appellait Gudrun, était une veuve qui avait un fils de vingt ans qui s'appelait Ralf. C'était clair ? C'était clair. Angelo Speciale, qui était venu à Montereale accompagné de son fils adoptif Ralf, pendant un mois entier avait cherché le bon endroit, puis l'avait atrouvé, se l'était acheté, s'était fait faire le projet par le géomètre Spitaleri et avait attendu un peu plus d'un an que la construction soit terminée. Ralf était toujours resté avec lui.

Ensuite, il s'en était retourné en Allemagne pour déménager les meubles et le reste à Montereale. Comme Angelo Speciale n'aimait pas l'avion, il était reparti en train. Mais quand il arriva à la station de Cologna, M. Speciale n'atrouva plus le fils adoptif qui avait voyagé dans le lit au-dessus du sien. La valise de Ralf était dans le compartiment, mais de lui, il n'y avait pas trace. Le couchettiste dit qu'il ne l'avait pas vu descendre du train aux arrêts précédents. En bref, Ralf avait disparu.

— On l'a retrouvé, après ?

— Mais pas du tout, mon bon ! Depuis lors, il n'en a plus rien su, de c'te minot.

— Et M. Speciale est venu habiter ici ?

— Et là c'est le plus beau ! Jamais ! Le pauvre M. Speciale, à peine un mois après être revenu à Cologne, tomba dans l'escalier, cogna la tête et mourut, peuchère.

— Et Mme Gudrun, veuve deux fois, elle est venue habiter ici ?

— Et qu'est-ce elle y faisait, la pauvrounette, sans mari et sans fils ? Elle nous téléphona il y a trois ans en nous disant de louer la maison. Et nous, depuis trois ans, nous la louons, mais seulement l'été.

— Et pendant l'hiver, non ?

— *Dottore*, c'est trop isolé. Vous verrez vous-même.

C'était isolé, en effet. On y arrivait en laissant la provinciale et en prenant une draille qui montait et le long de laquelle il n'y avait qu'une maisonnette rustique, une autre maisonnette moins rustique et, à la fin, la villa. C'était une zone quasi dépourvue d'arbres et de plantes, brûlée de soleil. Mais quand on arrivait à la villa, qui était située en haut d'une espèce de grand relief, la vue d'un coup changeait. Une beauté ! En dessous, à droite et à gauche, il y avait la plage d'or, parsemée de quelques rares parasols, et devant une mer claire, ouverte, accueillante. La villa, tout en rez-de-chaussée, avait bien deux chambres à coucher, une grande matrimoniale et une plus petite avec un lit une place, le salon avec des fenêtres rectangulaires d'où l'on voyait seulement le ciel et la mer et elle était aussi équipée d'un téléviseur. La cuisine, spacieuse,

était munie d'un énorme réfrigérateur. Et il y avait aussi deux salles de bains. Et puis une terrasse qui n'avait pas de prix, parfaite pour y manger le soir.
— Ça me va, dit le commissaire. Combien ça coûte ?
— Écoutez, *dottore*, nous, on loue pas de villa comme ça pour quinze jours, mais comme il s'agit de vous...
Et il balança un chiffre qui était un coup de massue. Montalbano n'accusa en rien le coup, de toute façon Laura était fort riche et elle pouvait contribuer à alléger la pauvreté du Sud.
— Ça me va, répéta-t-il.
Vu que les choses se présentaient comme ça, M. Callara, qui se croyait esspert, adécida de relancer.
— Naturellement, en frais supplémentaires, il faudrait compter...
— Naturellement, en frais supplémentaires, il n'y a rien à compter, dit Montalbano qui ne voulait pas passer pour un con.
— Bon, bon.
— Comment on descend à la plage ?
— Vous voyez, vous sortez par le petit portail de la terrasse, vous faites dix mètres et il y a un petit escalier de tuf qui commence, qui vous emmène en bas. Il y a cinquante marches.
— Vous pouvez m'attendre une demi-heure ?
M. Callara le fixa, ébahi.
— Si c'est juste une demi-heure...
De se faire un bon bain dans cette mer qui paraissait l'appeler, Montalbano l'avait vraiment adésirée dès qu'il l'avait vue. Il se le prit en slip.
Au retour, le temps de monter les cinquante marches, le soleil l'avait déjà séché.

Dans la matinée du premier jour d'août, Montalbano alla à l'aéroport de Punta Raisi prendre Livia, Laura et son fils Bruno, qui était un minot de trois ans. Guido, le mari de Laura, arriverait lui en train avec la voiture et les bagages. Bruno était un minot qui n'aréussissait pas à rester tranquille plus de deux minutes de suite. Il adessinait pas de gribouillis comme tous les marmots de son âge, mais en compensation, c'était un maître dans l'art de casser les burnes à la création entière.

Ils allèrent à Marinella où Adelina avait priparé le déjeuner pour toute la compagnie. Mais la bonne, quand ils arrivèrent, n'était plus là, elle s'en était allée et Montalbano savait qu'il ne la reverrait pas durant les quinze jours que Livia resterait à Marinella. Adelina ressentait une 'ntipathie profonde pour Livia, qui le lui rendait bien.

Guido se pointa à une heure. Ils mangèrent et tout de suite Montalbano monta en voiture avec Livia pour guider celle de Guido avec sa famille. Quand Laura vit la villa, elle s'enthousiasma tant qu'elle étreignit et embrassa Montalbano. Bruno aussi, par gestes, fit comprendre qu'il voulait aller dans les bras du commissaire. Et dès qu'il fut à la hauteur de son visage, le minot lui cracha dans un œil le bonbon qu'il était en train de sucer.

On se mit d'accord que le lendemain matin, Livia viendrait trouver Laura avec la voiture de Salvo, qui de son côté pouvait faire venir une voiture de service pour le prendre et qu'elle resterait toute la journée.

Le soir, la besogne au commissariat terminée, Montalbano se ferait accompagner à Pizzo et ils adécideraient ensemble où aller manger.

Cela parut une excellente solution, comme ça, à midi, il pouvait s'empiffrer de ce qui lui plaisait le plus à la trattoria de Enzo.

Les ennuis, à la villa de Pizzo, acommencèrent dès le matin du troisième jour. Livia, qui était allée chez son amie, atrouva tout sens dessus dessous : les vêtements sortis de l'armùar et entassés sur les chaises de la terrasse, les matelas appuyés en dessous de la fenêtre de la chambre à coucher, le matériel de cuisine jeté à terre devant l'entrée. Bruno, nu, le tuyau d'arrosage à la main, s'occupait de détremper vêtements, matelas, draps. Il essaya de détremper aussi Livia dès qu'il la vit mais elle, qui l'aconnaissait bien, s'écarta à temps. Laura était recroquevillée sur une chaise longue à côté du muret de la terrasse, une serviette mouillée sur le front.

— Mais qu'est-ce qui se passe ?
— Tu es entrée dans la maison ?
— Non.
— Regarde de la terrasse, mais attention de ne pas entrer.

Livia passa le portail de la terrasse et regarda à l'intérieur du salon.

La première chose qu'elle nota fut que le sol était devenu quasi noir.

La seconde fut que le sol était animé, c'est-à-dire qu'il bougeait dans toutes les directions.

Après quoi, elle ne nota plus rien parce que, ayant compris de quoi il s'agissait, elle poussa un grand cri et s'enfuit sur la terrasse.

— Mais ce sont des cafards ! Des milliers !
— Ce matin à l'aube, dit avec peine Laura qui n'avait pas assez de souffle pour vivre, je me suis réveillée pour aller boire un verre d'eau et je les ai vus, mais ils n'étaient pas encore aussi nombreux... J'ai réveillé Guido, on a essayé de mettre à l'abri ce que nous pouvions, mais ensuite on n'y arrivait plus. Ils continuaient à sortir d'une fente du sol du salon...
— Et maintenant, où est Guido ?
— Il est parti pour Montereale, il a téléphoné au maire qui a été très gentil, il va revenir d'un moment à l'autre.
— Mais il ne pouvait pas appeler Salvo ?
— Il a dit qu'il ne se sentait pas d'appeler la police pour une invasion de cafards.

Un quart d'heure plus tard, Guido revint, avec derrière lui une voiture de la commune avec quatre employés de la voirie armés de vaporisateurs et de balais.

Livia emmena Laura et Bruno à Marinella tandis que Guido restait à Pizzo pour coordonner les opérations de désinfection et de nettoyage de la maison. À 4 heures de l'après-déjeuner, lui aussi se présenta à Marinella.

— Ils venaient bien de cette fente dans le sol. On y a balancé dedans deux bonbonnes entières et puis on l'a bouchée.

— Il ne pourrait pas y en avoir d'autres, de ces fentes ? demanda Laura qui ne paraissait pas très convaincue.

— Sois tranquille, on a regardé partout, assura Guido sur un ton définitif. Ça n'arrivera plus. On peut retourner tranquillement à la maison.

— Mais qui sait pourquoi ils sont sortis... intervint Livia.

— Un de ces messieurs m'a expliqué que la villa a dû subir pendant la nuit un déplacement imperceptible dans ses fondations, ce qui a provoqué la fente. Et alors, les cafards, qui étaient sous terre, sont remontés, attirés par l'odeur des aliments, par notre présence, va savoir.

Au cinquième jour, il y eut la seconde invasion. Pas de cafards, cette fois, mais de souriceaux. Laura, quand elle se leva, en vit à travers la maison une quinzaine, pitchounets, gracieux même. Ils s'enfuirent à toute vitesse par la porte-fenêtre de la terrasse dès qu'elle bougea. Elle en atrouva deux autres à la cuisine en train de se boulotter les miettes de pain. Contrairement à la majorité des femmes, Laura n'était pas beaucoup 'mpressionnée par les souris. Guido téléphona nouvellement au maire, alla à Montereale et revint avec deux pièges à souris, cent grammes de fromage fort et un chat roux, grassouillet et sympathique au point de ne pas réagir mauvaisement quand Bruno tenta illico de lui arracher un œil.

— Mais comment est-il possible qu'après les cafards, maintenant, ce soient des rats qui sortent ? demanda Livia à Montalbano, comme ils venaient juste de se coucher.

Avec Livia couchée nue à son côté, Montalbano n'avait pas envie de parler de souris.

— Mais, tu sais, cette maison est restée inhabitée pendant un an et alors..., fut la vague réponse.

— Peut-être qu'avant que Laura vienne y habiter, il aurait fallu aller voir cette maison de près, l'explorer dans ses recoins.

— Toi aussi, il faudrait te faire ça, l'interrompit Montalbano.

— Quoi ? demanda Livia, abasourdie.

— Le deuxième point du programme.
Et il l'étreignit.

Au huitième jour, il y eut la troisième invasion. Ce fut encore Laura, qui se levait la première, qui en perçut la présence. Elle en vit une du coin de l'œil, sauta instantanément en l'air, et, sans même savoir comment, retomba debout sur la table de la cuisine, en gardant les yeux serrés. Après, se sentant suffisamment en sécurité, tremblant et suant, elle ouvrit lentement l'œil et mata vers le sol.

Où étaient en train de se promener gentiment une trentaine d'araignées qui semblaient une délégation choisie de l'espèce : l'une était petite et velue, une autre avec juste une tête ronde sur des pattes très longues genre fils de la toile, une troisième roussâtre et grande comme un crabe, une quatrième ressemblait comme deux gouttes d'eau à la terrible veuve noire...

Laura, qui n'était pas plus 'mpressionnée que ça par les cafards, que ne dégoûtaient pas les souris, perdait complètement la tête dès qu'elle voyait une araignée.

Elle souffrait de ce qu'on appelle d'un mot difficile, l'arachnophobie, ce qui, en termes simples signifie frousse irrationnelle et incontrôlable des araignées.

Alors, tandis que ses cheveux se dressaient sur sa tête, elle poussa un grand hurlement et dégringola au sol, évanouie.

En tombant, elle se cogna la tête, d'où acommença tout aussitôt à sortir du sang.

Guido, aréveillé d'un coup, sortit en courant du lit et se précipita au secours de sa femme. Mais il ne remarqua pas Ruggero, comme avait été appelé le chat, qui s'enfuyait de la cuisine atterré d'abord par le cri de Laura et ensuite par le grand bruit de sa chute.

Toujours est-il que Guido s'aretrouva à voler à l'horizontale par rapport au sol jusqu'à ce que sa tête rebondisse contre le réfrigérateur.

Quand Livia arriva comme d'habitude pour prendre un bain avec ses amis, il lui sembla avoir devant elle un pital de guerre.

Laura et Guido avaient tous deux la tête bandée, Bruno, lui, avait le pied gauche emmailloté parce qu'en sortant du lit, il avait fait tomber le verre d'eau de la table de nuit, le verre s'était cassé et il avait marché dessus les éclats de verre. Abasourdie, Livia remarqua aussi que le chat Ruggero boitait passablement, en conséquence de la rencontre avec Guido.

À la fin, s'aprésenta l'habituelle équipe de ramasse-poubelles envoyée par le maire, désormais devenu un ami de la famille. Tandis que Guido dirigeait les opérations, Laura, qui semblait encore bouleversée, déclara à voix basse à Laura :

— Cette maison ne nous aime pas.

— Allez ! Une maison, c'est une maison, elle ne peut ni aimer ni détester.

— Je te dis que cette maison ne nous aime pas.

— Allez, arrête !

— Cette maison est maudite ! insista Laura, l'œil brillant comme si elle avait la fièvre.

— Laura, je t'en prie, ne dis pas de conneries de ce genre. Je comprends que tu craques, mais...

— Tu sais, je repense à tous ces films que j'ai vus sur les maisons maudites, sur les demeures habitées par des esprits infernaux.

— Mais ce ne sont que des inventions !

— Tu verras que c'est moi qui ai raison.

Le matin du neuvième jour, il commença à pleuvoir fort. Livia et Laura allèrent au musée à Montelusa, Guido fut invité par le maire à visiter la mine de sel et il emmena Bruno. La nuit, la pluie s'aggrava.

Au matin du dixième jour, il continua de pleuvoir comme vache qui pisse. Laura téléphona à Livia en lui disant qu'elle allait au pital avec Guido emmener le minot dont une des coupures au pied avait commencé à suppurer. Livia adécida de profiter de la situation pour mettre de l'ordre dans les affaires de Salvo. Tard dans la soirée, le temps se découvrit et tous se convainquirent que la journée du lendemain serait limpide et chaude, une journée parfaite pour se baigner.

DEUX

Ils ne se trompèrent pas dans leurs prévisions. La mer, de grisâtre qu'elle était, avait récupéré ses couleurs ; la plage, encore trempée, tirait sur le marron clair mais d'ici deux heures, le soleil la ferait redevenir d'or. Peut-être l'eau était-elle un peu froide mais à midi, avec la canicule qu'il faisait déjà à 7 heures du matin, elle deviendrait un vrai bouillon. Ce qui était précisément la température qui plaisait à Livia, alors qu'elle débectait à Montalbano ; il lui semblait entrer dans le bassin d'un établissement thermal et ensuite, quand il sortait, il se sentait tout ensuqué et privé de forces.

À neuf heures et demie, Livia arriva à Pizzo et sut que le début de la matinée avait été normal : ils n'avaient atrouvé ni cafards, ni souris, ni araignées, et il n'y avait pas eu de nouveaux arrivants genre scorpions et autres *scorsoni*. Laura, Guido et Bruno étaient déjà prêts pour partir à la plage.

Ils allaient passer le petit portail de la terrasse quand ils entendirent sonner le téléphone. Guido, qui était 'ngénieur dans une société spécialisée dans la construction de ponts et qui était appelé de Gênes depuis deux jours pour un problème qu'il avait tenté d'expliquer à Montalbano, mais auquel celui-ci n'avait rien acompris, Guido, donc, dit :

— Allez devant, moi je vous rejoins.
Et il rentra dans la maison pour répondre au téléphone.
— J'ai très envie de faire pipi, dit Laura à Livia.
Et elle aussi rentra, Livia la suivit. Parce que, comme on sait, l'envie de faire pipi est contagieuse, il suffit que ça presse pour l'un et en une seconde, ça presse pour tout le monde. Et elle alla dans l'autre toilette.
Quand chacun eut fini de régler son affaire, ils s'aretrouvèrent sur la terrasse, Guido ferma la porte-fenêtre, ils sortirent, Guido ferma le portail, prit le parasol parce que c'était à lui de le faire, vu qu'il était l'homme, et ils s'adirigèrent vers l'escalier de tuf qui conduisait à la plage. Mais avant d'entamer la descente, Laura regarda tout autour d'elle et demanda :
— Mais où est Bruno ?
— Peut-être qu'il a commencé à descendre tout seul, dit Livia.
— Oh mon Dieu, mais il n'y arrive pas tout seul, je dois toujours le tenir par la main ! s'exclama Laura quelque peu préoccupée.
Elle se pencha en avant pour mater. De là, on voyait une vingtaine de marches, puis l'escalier tournait. Bruno n'était pas en vue.
— Il est impossible qu'il ait pu descendre davantage, dit Guido.
— Va voir, je t'en supplie ! Il est peut-être tombé ! dit Laura qui commençait à s'agiter.
Guido, suivi du regard par Laura et Livia, descendit en courant, disparut dans le virage, y réapparut après même pas cinq minutes.
— J'ai fait tout l'escalier. Il n'est pas là. Allez regarder dans la maison, peut-être qu'on l'y a enfermé, lança-t-il à haute voix, essoufflé.
— Mais comment on fait ? C'est toi qui as les clés ! dit Laura.
Guido, qui avait essayé de s'éviter la grimpette, arriva en jurant, rouvrit le portail et la porte-fenêtre. Ce fut tout de suite un chœur :
— Bruno ! Bruno !

— Ce petit idiot est capable de rester caché sous un lit toute la journée rien que pour nous embêter, dit Guido qui acommençait à perdre patience.

Ils le cherchèrent à travers toute la maison, sous les lits, dedans l'*armuàr*, dans le débarras à balais, *rin* du tout. Et à un certain moment, Livia dit :

— Mais Ruggero non plus, on le voit pas.

C'était vrai. Le chat qui, d'habitude, collait aux baskets, comme le savait bien Guido, semblait avoir disparu lui aussi.

— Quand on l'appelle, d'habitude, Ruggero ou bien il vient, ou bien il miaule. Essayons de l'appeler, suggéra Guido.

Pinsée logique : étant donné que le minot ne parlait pas, le seul qui en quelque façon pouvait arépondre, c'était le chat.

— Ruggero ! Ruggero !

Aucune réponse chatière.

— Alors, Bruno doit être dehors, conclut Laura.

Ils sortirent tous pour chercher aux alentours de la maison, contrôlèrent dedans les deux autos garées, rin.

— Bruno ! Ruggero ! Bruno ! Ruggero !

— Si ça se trouve, il s'est mis en route sur la petite route qui mène à la provinciale, suggéra Livia.

La réaction de Laura fut subite :

— Mais s'il arrive là... Oh, mon Dieu, il y a une circulation terrible !

Alors Guido prit la voiture et se fit toute la route de campagne qui conduisait à la provinciale, au pas, en matant à droite et à gauche. Il arriva jusqu'au débouché sur la route, revint en arrière et aperçut devant la porte de la maisonnette paysanne un péquenot dans les cinquante ans, mal habillé, avec une casquette sale sur la tête, qui regardait à terre avec tant d'attention qu'il semblait compter les fourmis.

Guido s'arrêta, se pencha à la portière.

— S'il vous plaît...

— Eh ? fit l'homme en relevant la tête et en battant des paupières comme s'il s'aréveillait à l'instant.

— Est-ce que par hasard vous auriez vu un enfant ?

— *Cu ?* Qui ?

— Un enfant de trois ans.
— Pourquoi ?
Nom d'une pipe, c'était quoi cette question ? se demanda Guido dont les nerfs étaient adevenus sensibles. Mais il arépondit.
— Passqu'on le trouve plus.
— Aïe aïe ! dit le quinquagénaire en prenant tout à coup une tête inquiète et en se tournant de trois quarts vers la maison.
Guido s'étonna.
— Qu'est-ce que ça veut dire, aïe aïe, excusez-moi ?
— Aïe aïe, ça veut dire aïe aïe et c'est tout. Moi, à ce minot, je l'ai pas vu et en tout cas *nenti nni saccio e nenti nni vogliu sapiri di s'ta storia* ; j'en sais rien et j'en veux rien savoir de cette histoire, dit l'homme avec détermination en entrant chez lui et en refermant la porte.
— Eh non ! Écoutez ! lança Guido, furieux. C'est pas des façons de répondre ! Vous êtes malpoli !
Il avait envie de chercher noise et de se défouler un peu. Il descendit de la voiture et alla frapper à la porte, y balança des coups de pied, mais pas moyen, la porte resta fermée. En jurant, il remonta en voiture, partit, passa devant l'autre maison, celle qui avait un aspect décent : elle lui parut vide, il poursuivit et rentra à la villa.
— Rien ?
— Rien ?
Laura étreignit Livia et se mit à chialer.
— Vous avez vu ? Je vous le disais pas, que c'est une maison maudite ?
— Reste tranquille, Laura, je t'en prie ! hurla son mari.
Le seul effet qu'il obtint fut que Laura se mit à chialer encore plus fort.
— Qu'est-ce qu'on peut faire ? demanda Livia.
Guido prit une résolution.
— Je vais téléphoner à Emilio, le maire.
— Pourquoi justement au maire ?
— Je me fais envoyer l'habituelle petite équipe. Ou quelques gardes municipaux. Plus on sera à chercher, mieux ça vaudra. Tu ne crois pas ?

— Attends. Ce ne serait pas mieux si j'appelle Salvo ?
— Tu as peut-être raison.

Une vingtaine de minutes plus tard, Montalbano arriva avec un véhicule de service conduit par Gallo qui avait fait une course digne d'Indianapolis.

Le commissaire, en descendant de la voiture, avait l'air plutôt éprouvé, blême et le visage chagrin, mais c'était l'aspect habituel qu'il prenait quand il avait été en auto avec Gallo.

Livia, Guido et Laura se mirent à lui raconter l'affaire en même temps, au point que Montalbano n'y comprit quelque chose qu'au prix d'une attention extrême, et puis ils s'arrêtèrent, dans l'attente des paroles, certainement décisives, qu'il allait prononcer, avec l'attitude de qui s'attend à recevoir la grâce de la Madone de Lourdes.

— Je pourrais avoir un verre d'eau ? fut en fait la réponse tant attendue.

Il avait besoin de se reprendre, aussi bien pour la grande canicule que pour les prouesses de Gallo. Tandis que Guido allait lui chercher l'eau, les deux femmes le fixèrent, déçues.

— Où tu crois qu'il peut être ? demanda Livia.
— Mais qu'est-ce que j'en sais ? Je suis pas devin ! Maintenant, on va voir, mais restez calmes, l'agitation me tourne la tête.

Guido lui apporta l'eau, Montalbano se la but.

— Vous pouvez m'expliquer ce qu'on fabrique là-dehors sous ce soleil ? demanda-t-il. On se prend une insolation ? Entrons. Viens, toi aussi, Gallo.

Gallo sortit de la voiture et tous le suivirent, obéissants.

Mais va savoir pourquoi, à peine furent-ils dedans le salon que les nerfs de Laura cédèrent d'un coup. D'abord, elle poussa une plainte très fort qu'on eût dit la sirène des pompiers et ensuite elle fondit en larmes désespérées. Il lui était venu une pensée à l'improviste :

— On me l'a enlevé !
— Essaie de réfléchir, Laura, lui lança Guido.
— Mais qui veux-tu qui l'ait enlevé ?

— Qu'est-ce que j'en sais ? Les gitans ! Les forains ! Les bédouins ! Je sens qu'ils me l'ont enlevé, mon pauvre petit !

Montalbano eut une mauvaise *pinsée* : si quelqu'un avait enlevé un tirrible minot comme Bruno, il allait sûrement le rendre dans la journée. Mais il préféra demander à Laura :

— Et pourquoi d'après toi, ils ont enlevé aussi Ruggero ?

Gallo sauta sur sa chaise. Il avait su qu'un minot avait disparu, parce que le commissaire le lui avait dit et puis, quand ils étaient arrivés, il était resté en voiture et n'avait rien entendu de ce qu'ils avaient raconté à Montalbano. Et maintenant, voilà qu'il y en avait deux de disparus ? Il lança un regard interrogateur à son supérieur.

— C'est un chat, ne t'inquiète pas.

L'argument du chat eut un effet miraculeux, Laura parut se calmer un peu. Montalbano allait rouvrir la bouche pour dire ce qu'il fallait faire quand Livia se redressa sur son siège, écarquilla les yeux et dit d'une voix plate :

— Oh, mon Dieu ! Oh, mon Dieu !

Tous d'abord la regardèrent, puis suivirent la direction de son regard.

Sur le seuil du salon, se tenait Ruggero, calme et placide, qui se léchait les moustaches.

Laura lança tout de suite un autre coup de sirène et recommença à pousser des cris.

— Vous voyez que c'est vrai ? Le chat est là et Bruno, non ! Ils me l'ont enlevé ! Ils me l'ont enlevé !

Et tout de suite après, elle s'évanouit.

Guido et Montalbano la soulevèrent, la portèrent dans la chambre à coucher et l'étendirent. Livia s'empressa de mettre des chiffons avec des glaçons sur la tête de son amie et une bouteille de vinaigre sous son nez ; rin à faire, Laura ne rouvrit pas l'œil.

Elle avait le visage gris, les mâchoires serrées et elle était trempée d'une sueur froide.

— Emmène-la chez un médecin à Montereale, dit Montalbano à Guido, et toi, Livia, va avec eux.

Quand ils eurent installé Laura sur le siège arrière, la tête sur les genoux de Livia, Guido démarra en trombe, si vite que même Gallo le regarda avec admiration. Le commissaire et Gallo s'en retournèrent au salon.

— Maintenant qu'ils nous ont lâché la grappe, lui annonça Montalbano, essayons de faire querque chose de censé. Et la première chose censée à faire est de nous mettre en maillot de bain. Passque sinon, avec cette chaleur, on peut pas penser.

— Moi, je l'ai pas avec moi, le maillot, *dottore*.

— Et moi non plus. Mais Guido il en a trois ou quatre.

Il les trouva, ils se les mirent. Heureusement, c'étaient des maillots élastiques sinon le commissaire aurait eu l'air d'avoir le caleçon sur les genoux et Gallo aurait été inculpé d'outrage à la pudeur.

— Maintenant, faisons comme ça. À une dizaine de mètres du portail, il y a un escalier de tuf qui arrive à la plage. C'est le seul endroit où, à ce que j'ai compris dans la confusion qu'ils ont semée, il me semble qu'ils n'ont pas bien regardé. Descends là en t'arrêtant à chaque marche, le minot pourrait être tombé et avoir roulé dans une anfractuosité quelconque.

— Et vosseigneurie, qu'est-ce qu'elle fait ?

— Moi, je fais ami ami avec le chat.

Gallo le fixa, abasourdi, mais ne répliqua rien et sortit.

— Ruggero ! Qu'est-ce t'es beau, mon chat ! Ruggero !

Le chat se roula sur le dos, pattes en l'air. Montalbano lui gratta le ventre.

— Ronron, fit Ruggero.

— Qu'est-ce que tu dirais si on allait jeter un coup d'œil dans le frigo ? lui demanda le commissaire en se dirigeant vers la cuisine.

Ruggero, qui parut ne pas être opposé à la proposition, le suivit et tandis que Montalbano ouvrait le frigo et en tirait deux anchois, ne cessa pas de se frotter contre ses jambes en lui donnant des petits coups de tête.

Le commissaire prit une assiette en carton, y déposa les anchois, la posa par terre, attendit que le chat ait fini de manger et puis sortit du côté de la terrasse. Ruggero, qui l'avait prévu, le suivit. Il se dirigea vers l'escalier, à temps pour voir apparaître la tête de Gallo.

— Absolument rin, *dottore*. Je peux vous jurer que le minot, il est pas descendu par l'escalier.

— Peut-être alors qu'il vaut mieux regarder à travers la campagne. Il n'y a pas d'autre explication.

— *Dottore*, qu'est-ce que vous en diriez que j'appelle au commissariat pour faire venir deux ou trois hommes en renfort ?

La sueur de Gallo lui coulait jusqu'aux pieds.

— Patientons encore un peu. En attendant, va te rafraîchir. Sur l'esplanade, il y a une pompe.

— Mais vosseigneurie devrait se mettre querque chose sur la tête. Attendez.

Il monta sur la terrasse, où on avait abandonné les affaires de plage et revint avec un chapeau de Livia, rose, à fleurs.

— Mettez-vous ça. De toute façon, pirsonne vous voit.

Et tandis que Gallo s'éloignait, Montalbano s'aperçut que Ruggero n'était plus avec lui. Il rentra dans la maison, gagna la cuisine, l'appela. Pas de chat.

S'il était pas là à se lécher le plat qui avait contenu les anchois, où est-ce qu'il pouvait être allé ?

Il savait, d'après ce que lui avaient raconté Laura et Guido, que le chat et le minot étaient devenus inséparables. Bruno avait tant fait, il avait trépigné, chialé, jusqu'à réussir à obtenir la permission de faire dormir le chat dans son lit.

Et maintenant, il lui vint en tête la pinsée que le chat avait nouvellement disparu parce qu'il était retourné auprès de Bruno, pour lui tenir compagnie.

— Gallo !

Celui-ci s'aprésenta tout de suite, en trempant le sol d'eau.

— À vos ordres, *dottore*.

— Écoute, vérifie, en regardant dans chaque chambre, que le chat n'est pas là. Quand tu es sûr qu'il n'est pas là, tu fermes porte et fenêtre de la chambre. Il faut avoir la certitude que le chat n'est pas dedans la maison et on doit pas lui donner la possibilité de rentrer.

Gallo parut vraiment ébahi. Mais ils étaient pas venus chercher un minot disparu ? Pourquoi le commissaire s'était mis ce chat dans la tronche ?

— *Dottore*, excusez-moi, mais qu'est-ce qui vient faire là, l'animal ?

— Fais ce que je te dis. Et ne laisse ouverte que la porte d'entrée.

Gallo acommença sa recherche, Montalbano sortit par le portail, marcha jusqu'au bord de l'à-pic donnant sur la plage, se tourna pour mater de loin la maison.

Il l'observa longuement jusqu'à ce qu'il se convainque que ce qu'il voyait n'était pas une impression. D'une manière imperceptible, de quelques centimètres seulement, toute la villa penchait à gauche.

Certainement un effet du déplacement qui s'était fait quelques jours auparavant et qui avait provoqué la fente dans le sol du salon avec sortie conséquente de cafards, de souris et d'araignées.

Il revint sur la terrasse, prit une balle que Bruno avait laissée sur une chaise longue, la posa à terre. Lentement, la balle acommença à rouler vers le muret à main gauche.

C'était la preuve qu'il cherchait. Et qui pouvait signifier tout et rin.

Il sortit nouvellement du portail, s'éloigna assez pour jeter un coup d'œil cette fois sur le côté droit de la villa. Toutes les fenêtres qui ouvraient de ce côté étaient fermées, signe que par là, Gallo avait fini la besogne qu'il devait faire. Montalbano ne vit rien d'étrange.

Alors il se dirigea vers l'arrière, où était l'entrée principale de la villa et l'esplanade du parking. La porte était ouverte, comme il avait dit à Gallo de la laisser. Rin qui ne fut pas normal.

Il recommença à marcher jusqu'à ce qu'il s'atrouve à mater l'autre flanc, celui vers lequel penchait la villa, suivant une inclinaison presque invisible. Des deux fenêtres, l'une était fermée, l'autre encore ouverte.

— Gallo !

Gallo se présenta.

— Rin ?

— Ça, c'est la petite salle de bains, j'ai fini. Le chat n'est pas là. Il me reste que le salon. Je peux fermer ?

Ce fut pendant que Gallo la fermait que Montalbano nota que les tuiles juste au-dessus de la fenêtre s'étaient rompues, et qu'une fente large d'au moins trois doigts s'était formée.

Ce devait être une vieille fente que personne n'avait fait réparer.

Quand il pleuvait, au lieu de finir dans la gouttière qui la convoyait vers un puits placé à côté de la terrasse, l'eau de pluie sortait toute par là. Pour éviter que se forme une grosse mare à terre, tachant peut-être d'humidité les murs, quelqu'un avait mis au-dessous un grand bidon, de ceux qu'on utilise pour le goudron.

Montalbano vit toutefois que le bidon avait été déplacé, qu'il n'était plus à la perpendiculaire de la fente, mais qu'il se trouvait maintenant à un mètre du mur de la maison.

— Si l'eau n'a pas pu tomber dans le bidon, raisonna Montalbano, là, il devrait y avoir une énorme mare, un lac, avec ce qui est tombé depuis deux jours. Et en fait, il n'y a rien. Comment ça s'explique, c't'histoire ?

Il sentit une espèce de secousse électrique, très très légère, le long du dos. Ça lui arrivait quand il comprenait qu'il était en train de prendre la bonne voie.

Il s'approcha du bidon. Il y avait pas mal d'eau, oui, mais pas autant qu'il aurait dû y en avoir, c'était certainement celle qui était tombée dedans directement du ciel.

Et ce fut alors qu'il s'aperçut que l'eau tombée de la fente pendant deux jours et une nuit d'affilée avait creusé un véritable fossé au pied du mur.

Il était passé inaperçu parce que le bidon en masquait la vue.

C'était un fossé d'environ un mètre de circonférence. Selon toute probabilité, la surface du terrain friable, qui recouvrait une quelconque cavité souterraine, avait cédé sous la poussée de l'eau qui tombait d'en haut.

Montalbano retira le petit chapeau de Livia, se colla à plat ventre sur le sol, le visage quasiment dans la fosse. Puis il s'écarta et glissa un bras sans aréussir à toucher le fond. Il se rendit compte que le fossé ne s'enfonçait pas à la verticale, mais partait en travers, en suivant une espèce de légère pente.

Il eut, sans pouvoir s'expliquer pourquoi, la certitude absolue que le minot s'était glissé dedans ce fossé et que maintenant, il n'arrivait plus à remonter.

Il se leva, courut comme un forcené dedans la maison, gagna la cuisine, ouvrit le frigo, prit l'assiette avec les anchois, revint au point de départ, s'agenouilla et mit les anchois tout autour du fossé.

Gallo arriva à ce moment et vit le commissaire, qui s'était replacé le chapeau de femme sur la tête, poitrine et bras sales, assis à terre, en train de fixer un fossé autour duquel étaient disposés des anchois.

Il béa, se sentit pris par les Turcs ; il lui vint comme un doute que son supérieur ait perdu la boule. Que devait-il faire ? Agir comme lui, comme avec tous les fous qu'on veut calmer.

— Il est joli ce trou pour les anchois, dit-il avec un petit sourire admiratif, comme s'il se trouvait devant une œuvre d'art moderne.

D'un geste impérieux, Montalbano lui intima de se taire. Et Gallo se tut, dans la crainte que le délire du commissaire devienne dangereux.

TROIS

Cinq minutes passèrent, tous deux restaient immobiles. Gallo lui aussi s'était mis à fixer avec ardeur le fossé orné d'anchois, contaminé par l'intensité avec laquelle Montalbano le tenait à l'œil.

On eût dit qu'ils ne gardaient allumée que la vue, tous les autres sens ayant été éteints, ils n'entendaient pas la respiration de la mer, ne sentaient pas l'odeur du jasmin près de la terrasse.

Puis, après ce qui leur parut une éternité, de dedans le fossé, pointa la tête de Ruggero. Il jeta un regard à Montalbano, émit un *rrrmiiaou* de remerciement et attaqua le premier anchois.

— Putain ! s'exclama Gallo qui avait enfin acompris.

— Je parie mes roubignoles, dit Montalbano en se relevant, que le minot est là-dessous.

— Allons chercher une pelle ! s'écria Gallo.

— Mais ne dis pas de conneries, il s'en faut de rien que le terrain s'écroule.

— Qu'est-ce qu'on fait ?

— Reste là à mater ce que fait le chat. Moi, je vais appeler Fazio de la voiture.

— Fazio ?

— À vos ordres, *dottore*.
— Écoute, je suis avec Gallo au lieu-dit Pizzo, à Montereale Marina.
— Je connais l'endroit.
— Je crois qu'un minot, fils d'amis à moi, s'est fourré dans un fossé profond et qu'il n'arrive plus à en sortir.
— On arrive tout de suite.
— Non. Appelle le commandant des pompiers de Montelusa. C'est un truc pour eux, dis-lui que le terrain est très friable, il faut qu'ils amènent du matériel pour creuser et sonder. Et surtout pas de sirène, pas de bruit, les journalistes ne doivent pas le savoir. Je veux pas refaire Vermicino[1].
— Il faut que je vienne aussi ?
— Pas besoin.

Il rentra dans la maison et appela Livia sur son portable depuis l'appareil du salon.
— Comment va Laura ?
— Elle s'est assoupie, ils lui ont fait une injection de calmant. On allait prendre la voiture. Bruno ?
— Je crois avoir localisé où il se trouve.
— Oh mon Dieu ! Qu'est-ce que ça veut dire ?
— Ça veut dire qu'il est dans un fossé duquel il n'a plus réussi à remonter.
— Mais... il est vivant ?
— Je ne sais pas, j'espère que oui. Les pompiers vont arriver d'ici peu. Quand ils feront sortir Laura, amène-la chez nous à Marinella. Je ne veux pas l'avoir ici. Guido, s'il veut, il peut venir.
— Je t'en prie, tiens-moi au courant.

Il revint près de Gallo qui n'avait pas bougé.
— Qu'est-ce qu'il a fait, le chat ?

---

1. Localité proche de Rome où, en juin 1981, un enfant tombé (ou jeté) dans un puits fut l'objet d'une tentative de sauvetage suivie en direct à la télévision pendant dix-huit heures par 21 millions de personnes, au terme de laquelle l'enfant mourut. *Cf.* le roman *Dies Irae*, de Giuseppe Genna.

— Il s'est mangé tous les anchois et il est rentré dans la maison. Vous ne l'avez pas vu ?
— Non. Il a dû aller à la cuisine se boire un peu d'eau.
Quelque temps auparavant, Montalbano s'était aperçu qu'il entendait moins bien. Rin de grave, mais cette clarté de l'ouïe, qui est comme la netteté de la vue, s'était voilée. Autrefois, il avait une oreille à entendre pousser l'herbe. Maudite vieillesse !
— Comment t'as l'oreille ?
— Je l'ai aiguisée, *dottore*.
— Essaye d'entendre querque chose.
Gallo se coucha sur le ventre, enfila la tête dedans le fossé.
Montalbano retint son souffle, il ne voulait pas le gêner. Tout autour, le silence était absolu, la villa était vraiment isolée. Tout à coup, Gallo retira la tête.
— J'ai l'impression d'avoir entendu querque chose.
Il se couvrit les oreilles de ses mains, inspira à fond, retira les mains et plongea de nouveau la tête dans le fossé. Moins d'une minute plus tard, il la releva, se tourna pour fixer Montalbano, il avait le visage content.
— Je l'ai entendu pleurer. J'en suis sûr. Peut-être qu'en tombant, il s'est fait mal. Mais c'est très loin. Qu'est-ce qu'il peut avoir comme profondeur, ce fossé ?
— En tout cas, blessé ou pas, on est sûrs qu'il est vivant. Et ça, c'est déjà une bonne nouvelle.
À ce moment, Ruggero reparut, fit rrmmmiaou, entra tranquillement dedans le fossé, disparut.
— Il est allé le trouver, dit le commissaire.
Et comme Gallo allait se relever, Montalbano le bloqua :
— Attends une minute. Après, écoute si le minot pleure encore.
Gallo s'exécuta. Il écouta longuement et puis dit :
— J'entends *cchiù nenti*, plus rien.
— Tu vois ? Le voisinage de Ruggero le réconforte.
— Et maintenant ?
— Et maintenant, moi, je vais me taper une bière à la cuisine. T'en veux une aussi ?

— Oh que non, moi je me prends une orangeade. J'ai vu qu'il y en a.

Ils se sentaient satisfaits, même si la route pour tirer dehors le minot était encore longue et difficile.

Il se but calmement une bouteille de bière avant d'appeler Livia.
— Il est vivant.
Il lui raconta tout. À la fin, Livia demanda :
— Je dois le dire à Laura ?
— Écoute, je ne crois pas que ce sera très facile de le sortir et les pompiers ne sont pas encore arrivés. Mieux vaut pas, pour l'instant. Guido est toujours avec vous ?
— Non, il nous a accompagnées à Marinella et maintenant, il est en train d'arriver à Pizzo.

Ça se vit tout de suite que le capitaine de l'équipe de pompiers, composée de six hommes, était un type qui connaissait son métier. Montalbano lui expliqua ce qui, d'après lui, s'était passé, lui rapporta le mouvement de déplacement qui avait eu lieu quelques jours auparavant et lui dit qu'il avait l' 'mpression que la villa penchait d'un côté. Le chef des pompiers sortit niveau et fil à plomb, contrôla.
— Vous avez raison, elle penche.
Puis il acommença sa besogne. D'abord, il sonda le terrain tout autour de la villa avec une espèce de bâton à pointe d'acier, ensuite il se fit un tour à l'intérieur de la maison, s'arrêtant pour examiner au salon la fente d'où avaient surgi les cafards, enfin, il ressortit. Il glissa dans le fossé une espèce de mètre métallique flexible, le fit courir longtemps puis l'enroula, le glissa de nouveau et le réenroula de nouveau. Il essayait d'établir la profondeur de la cavité.
— C'est comme un plan incliné, dit-il après avoir fait quelques calculs, qui part de presque sous la fenêtre de la petite salle de bains et va finir sous la fenêtre de la chambre à coucher, à environ trois mètres de profondeur.

— Ça veut dire que le fossé court tout le long de ce côté de la villa ? demanda Guido.
— Exactement, répondit le chef des pompiers. Et c'est un parcours très bizarre.
— Pourquoi ? ademanda Montalbano.
— Parce que si le fossé a été provoqué par l'eau de pluie, en dessous, il y a quelque chose qui a empêché l'eau de se répandre complètement dans le terrain et d'être absorbée en grande partie. L'eau en fait a rencontré un obstacle, comme un barrage solide, qui l'a contrainte à suivre un plan incliné.
— Vous allez y arriver ? interrogea Montalbano.
— Il faut qu'on se bouge avec une prudence extrême, répondit le chef des pompiers, parce que le terrain qui entoure la maison est différent du reste, il suffit d'un rien pour le faire s'ébouler.
— Qu'est-ce que ça veut dire, différent du reste ? s'enquit Montalbano.
— Venez avec moi, dit le chef des pompiers.
Il s'écarta sur une dizaine de pas de la villa, suivi par Montalbano et par Guido.
— Regardez la couleur de la terre et voyez comment, trois mètres plus loin, en approchant de la villa, elle change de couleur. Celle sur laquelle nous sommes, c'est de la terre d'ici, l'autre plus claire, jaunâtre, c'est du sable, qui a été amené ici exprès.
— Et pourquoi on a fait ça ?
— Bah, fit le chef des pompiers. Peut-être pour mettre en valeur la villa, la rendre plus élégante. Ah, voilà enfin la pelle mécanique.

Cependant, avant de la mettre en route, le chef des pompiers voulut faire alléger le poids du sable qui pesait sur le parcours du fossé. Trois pompiers, pelle en main, se mirent à creuser le long du flanc de la villa. Ils mettaient la terre dans trois brouettes que leurs camarades vidaient à une dizaine de pas.
Ils avaient déblayé une trentaine de centimètres de sable quand ils eurent une surprise. Là où auraient dû

acommencer les fondations de la villa, démarrait en fait un autre mur, parfaitement crépi. Pour que le crépi ne soit pas abîmé par l'humidité, on avait collé au mur, en protection, des feuilles de nylon épais.

En somme, c'était comme si la villa continuait, tout empaquetée, sous terre.

— Creusez sous la fenêtre de la petite salle de bains, ordonna le chef des pompiers.

Et petit à petit, se dégagea la partie supérieure d'une autre fenêtre parfaitement alignée sur celle du dessus. Elle n'avait pas d'huisserie, c'était un orifice rectangulaire protégé par de doubles feuilles de plastique.

— Mais là-dessous, il y a un autre appartement ! s'exclama Guido, ébahi.

Et à ce point, Montalbano comprit tout.

— Assez creusé ! ordonna-t-il.

Tout le monde s'arrêta en le fixant d'un air interrogateur.

— Quelqu'un a une torche ? demanda-t-il.

— Allez lui en chercher une ! intima le chef des pompiers.

— Cassez le nylon correspondant à la fenêtre ! ordonna le commissaire.

Deux coups de pelle suffirent.

— Restez tous ici, dit-il en enjambant le rebord. Dans un premier temps, il n'eut pas besoin d'allumer la torche, la lumière tombant de la fenêtre suffisait amplement.

Il s'atrouvait dans une petite salle de bains, exactement semblable à celle du niveau supérieur, et c'était une salle de bains déjà toute prête, avec le sol carrelé, la douche, le lavabo, la cuvette des toilettes et le bidet.

Tandis qu'il regardait tout autour de lui, en se demandant qu'est-ce que ça voulait dire, quelque chose lui effleura la jambe, le faisant bondir en l'air de frousse.

— Rrrmiaou, lui fit Ruggero.

— Comme on se retrouve, dit le commissaire.

Il alluma la torche et suivit l'animal qui le conduisait dans la chambre d'à côté.

Là, le poids de l'eau et de la terre avait défoncé le nylon qui protégeait la fenêtre et la chambre était devenue un tas de boue.

Mais Bruno était là. Droit dans un coin, il gardait les yeux fermés. Il avait une coupure au front et tremblait de tout son corps comme s'il avait eu la fièvre tierce.

— Bruno, c'est moi, Salvo, dit à voix basse le commissaire.

Le minot rouvrit les yeux, l'areconnut, courut vers lui bras tendus, Montalbano l'étreignit et Bruno fondit en larmes.

Et ce fut alors que, dans la chambre, entra Guido qui n'en pouvait plus d'attendre.

— Livia ? Bruno est sain et sauf.
— Il est blessé ?
— Il a une coupure au front, mais rien de grave, je crois. En tout cas, Guido l'emmène aux urgences de Montereale. Dis-le à Laura et, si elle veut, accompagne-la là-bas. Moi je vous attends ici.

Le chef des pompiers était en train de sortir en enjambant la fenêtre par laquelle Montalbano était passé. L'homme semblait abasourdi.

— Mais là-dessous, il y a un appartement parfaitement identique à celui de dessus. Il y a même une terrasse protégée par une palissade ! Il y a même les cadres internes et externes, qui sont entassés dans le salon, et ça devient habitable en un instant ! Imaginez qu'il y a même l'eau qui fonctionne ! Et la connexion à l'électricité est prête ! Mais je n'arrive pas à comprendre pourquoi ils l'ont enterré !

Montalbano s'était fait une idée précise.

— Moi, je crois avoir compris. À l'origine, on a certainement concédé un permis de construire qui autorisait la construction d'une villa sans aucune possibilité d'étage. Mais le propriétaire, en accord avec l'architecte et le directeur des travaux, a fait construire la villa comme vous la voyez maintenant. Après, il a fait couvrir de sable le rez-de-chaussée. Ainsi, seul l'étage est resté visible, devenant rez-de-chaussée à son tour.

— Oui, mais pourquoi il l'a fait ?

— Il attendait l'arrivée d'une amnistie immobilière[1]. Dès qu'elle aurait été publiée par le gouvernement, lui, en une seule nuit, il aurait fait retirer la terre qui cachait l'autre appartement et se serait précipité pour déposer la demande de régularisation. Autrement il risquait, même si par chez nous c'est hautement improbable, que quelqu'un en ordonne la destruction.

Le chef des pompiers se mit à rire.

— La destruction, allons donc ! Par ici, il y a des villages entiers qui sont construits sans permis.

— Oui, mais j'ai appris que le propriétaire vivait en Allemagne. Il a sans doute oublié les belles coutumes de par chez nous et s'est mis en tête que le respect de la loi par ici est le même qu'à Cologne.

— D'accord, mais ce gouvernement n'a pas arrêté de faire des amnisties immobilières ! Comment a-t-il pu...

— J'ai su qu'il est mort il y a quelques années.

— Qu'est-ce qu'on fait ? On remet tout en place ?

— Non, laissez tout comme ça. Ça peut entraîner des conséquences ?

— À l'étage, vous voulez dire ? Aucune.

— Je veux faire voir ce beau travail au propriétaire de l'agence qui a loué la villa.

Resté seul, il se prit une douche, se sécha au soleil, se revêtit. Se prit une autre bouteille de bière. Il lui était venu un *pétit* de loup. Comment se faisait-il que la troupe tardait tant ?

— Livia ? Vous êtes encore aux urgences ?

— Non, on est en train d'arriver. Bruno n'a rien.

Il raccrocha et fit le numaro d'Enzo.

1. On choisit de traduire ainsi *condono edilizio*, l'étrange coutume italienne qui consiste, pour les différents gouvernements, à régulariser périodiquement les constructions et extensions abusives moyennant versement d'une pénalité.

— Montalbano, je suis. Je sais qu'il est tard et que vous êtes en train de fermer. Mais si on vient à quatre avec un minot d'ici une demi-heure maximum, on pourra encore manger ?
— Pour vosseigneurie, c'est toujours ouvert.

Comme il arrive toujours, le fait d'avoir échappé au danger provoqua chez tous une hilarité et un tel petit de loup qu'Enzo, les entendant arire sans arrêt et les voyant manger comme après une semaine de jeûne, demanda ce qu'on fêtait. Bruno ressemblait comme deux gouttes d'eau à un *tarantolato*[1], il bougeait sans arrêt, fit tomber par terre d'abord les couverts, puis un verre qui heureusement ne se cassa pas et enfin renversa sur les brailles de Montalbano le boutillon d'huile. Le commissaire regretta fugacement de l'avoir tiré trop tôt du fossé. Mais il regretta aussitôt cette pinsée. Le repas fini, Livia et ses amis s'en retournèrent à Pizzo. Montalbano, lui, courut à Marinella pour changer ses brailles puis il alla besogner au bureau.

Le soir, il demanda à Fazio s'il y avait un véhicule qui pouvait l'accompagner.
— Il y a Gallo, *dottore.*
— Il n'y a personne d'autre ?
Il voulait éviter une autre course à Indianapolis comme celle du matin.
— Oh que non.
Dès qu'ils furent en voiture, il insista :
— Gallo, on est pas pressé, cette fois. Va doucement.
— Que vosseigneurie me dise à quelle vitesse je dois aller.
— Trente maximum.
— Trente ?! *Dottore*, à trente moi je sais pas conduire. Y a le danger que je vous fasse tamponner. On peut faire du cinquante-soixante ?

1. Personne affectée de ce que la science positive appelle « une manifestation de nature hystérique », censée être provoquée par la piqûre d'une tarentule et soignée par une danse traditionnelle : on entre ici dans les profondeurs de l'âme du Grand Sud italien.

— Bon, d'accord.

Tout se passa tranquillement jusqu'au moment où ils quittèrent la provinciale pour se prendre la route de terre qui conduisait à la villa. Juste à la hauteur de la maisonnette paysanne, un chien coupa la route. Pour l'éviter, Fazio donna un coup de volant et manqua de peu la porte de la maison, fracassant une jarre placée sur le côté.

— T'as fait du dégât, dit Montalbano.

Tandis qu'ils sortaient de la voiture, la porte de la maisonnette s'ouvrit, et apparut un péquenot quinquagénaire, mal habillé, une casquette sale sur la tête.

— Qu'est-ce qui fut? demanda l'homme en allumant une petite lampe au-dessus de la porte.

— Nous vous avons cassé une jarre et nous voulions vous dédommager, dit Gallo en parfait talien.

Alors, il se passa une chose bizarre. L'homme mata le véhicule de service, tourna le dos, éteignit la lampe, rentra chez lui et ferma la porte. Gallo resta bouche bée.

— Il a vu la voiture de la police. Évidemment, il ne nous aime pas, dit Montalbano. Essaie de frapper.

Gallo frappa. Personne ne vint ouvrir.

— Oh là, dans la maison ! appela-t-il.

Personne n'a répondit.

— *Iamuninni*, allons-y, dit le commissaire.

Laura et Livia avaient préparé la table sur la terrasse. La soirée était d'une telle beauté qu'elle éveillait la mélancolie, la chaleur de la journée s'était mystérieusement changée en une fraîcheur qui faisait du bien. Dans le ciel flottait une lune qu'on aurait pu manger à sa seule lumière.

Tandis qu'ils étaient à table, Guido raconta ce qui lui était arrivé dans la matinée avec le péquenot de la maisonnette.

— Dès que j'ai dit qu'un enfant avait disparu, il a dit aïe aïe et il a couru s'enfermer chez lui. J'ai frappé, mais il n'a pas ouvert.

Alors, c'est pas seulement après la police qu'il en a, pinsa le commissaire.

Mais il ne dit rien du traitement presque égal qu'il avait reçu.

Ensuite, Guido et Laura proposèrent une promenade au bord de la mer sous la lune. Livia arefusa et Montalbano aussi. Heureusement, Bruno choisit d'aller se promener avec ses parents.

Au bout d'un moment, ils étaient dans les chaises longues à jouir du silence, rompu seulement par le ronron de Ruggero qui prenait son pied sur le ventre du commissaire, quand Livia dit :

— Tu m'emmènes là où tu as trouvé Bruno ? Tu sais, depuis qu'on est revenus, Laura m'a empêchée d'aller voir où il était tombé.

— Bon, d'accord. Je vais prendre une torche dans ma voiture.

— Guido aussi doit en avoir une quelque part. Je vais la chercher.

Ils s'aretrouvèrent devant la fenêtre à demi enterrée, chacun avec une torche allumée à la main. Montalbano enjamba le premier le rebord de la fenêtre, vérifia qu'il n'y avait pas de souris, puis aida Livia. Naturellement, à côté d'eux, Ruggero entra aussi d'un bond.

— Incroyable ! s'exclama Livia en matant la salle de bains.

L'air était lourd et humide, la seule fenêtre par où pouvait pénétrer de l'air frais ne suffisait pas à ventiler. Ils allèrent dans la pièce où le commissaire avait atrouvé Bruno.

— Il vaut mieux que t'y entres pas, Livia, c'est un marécage.

— Comme il a dû avoir peur, ce pauvre petit ! s'exclama Livia en se dirigeant vers le salon.

À la lumière de la torche, ils virent les montants des portes et fenêtres enveloppés de plastique. Et Montalbano remarqua, contre un mur, un coffre plutôt grand. Pris de curiosité, vu que l'objet n'était fermé ni à clé ni avec un cadenas, il l'ouvrit.

Il parut le portrait tout craché de l'acteur Cary Grant dans ce film qui s'appelait *Arsenic et vieilles dentelles*. Il referma d'un coup le couvercle et s'assit dessus. Quand la lumière de la lampe de Livia l'éclaira, il eut un petit sourire machinal.

— Pourquoi tu souris ?
— Moi ?! Non, je souris pas.
— Alors, pourquoi tu fais cette tête ?
— Quelle tête ?
— Qu'est-ce qu'il y a dans le coffre ? demanda encore Livia.
— Rien, il est vide.

Est-ce qu'il pouvait lui dire qu'il y avait vu un *catafero*, un cadavre ?

QUATRE

De leur romantique promenade au bord de la mer sous la lune, Laura et Guido revinrent qu'il était un peu plus de 11 heures.
— C'était merveilleux ! s'exclama Laura, 'nthousiaste. J'en avais vraiment besoin après une journée pareille.
Guido était moins 'nthousiaste, étant donné qu'à mi-chemin, Bruno avait été pris d'une puissante envie de dormir et qu'il avait dû se le porter dans les bras.
Depuis qu'il s'était assis nouvellement sur la chaise longue, après la visite avec Livia de l'appartement fantôme, Montalbano était assailli d'un doute pire que Hamlet.
S'il l'avait dit, qu'à l'étage en dessous, il y avait un *catafero*, sans aucun doute se serait déchaîné un bazar indescriptible qui aurait amené à une nuit 'nfernale ou quasi. Il était en fait plus que sûr que Laura se serait fermement arefusé de rester une seule minute sous le même toit qu'un *catafero* inconnu et aurait réclamé d'aller dormir ailleurs.
Mais où ? À Marinella, il n'y avait pas de chambre d'amis. Ils devraient camper. Et comment ? Il pensa à comment ils s'installeraient, Laura, Livia et Bruno dans le grand lit, Guido sur le divan et lui dans un fauteuil, et il frissonna.
Non, c'était pas à faire, mieux valait l'hôtel. Mais, à minuit, à Vigàta et alentour, où on l'atrouvait un hôtel

encore ouvert ? Peut-être fallait-il aller le chercher à Montelusa. Ce qui voulait dire coups de fil et contre-coups de fil, allers et retours en voiture à et de Montelusa pour être courtois et les accompagner et puis, cerise sur le gâteau, l'inévitable discussion jusqu'au matin avec Livia.

— Mais tu pouvais pas choisir une autre villa ?

— Ma chérie, qu'est-ce que j'en savais, moi, qu'il y avait un mort ?

— Tu le savais pas, hein ? Et tu serais un bon policier, toi ?

Non, adécida-t-il, mieux valait pour le moment rin dire à personne.

De toute façon, le mort, va savoir depuis combien de temps il se trouvait dans la malle, un jour de plus ou de moins, ça lui ferait pas beaucoup de différence. Et même les enquêtes ne s'en souffriraient pas.

Après avoir salué les amis, le commissaire et Livia s'en retournèrent à Marinella.

Dès que Livia s'en alla sous la douche, Montalbano, depuis la véranda, appela Fazio sur son portable et lui parla à voix basse.

— Fazio ? Montalbano, je suis.

— Qu'est-ce qui fut, *dottore* ?

— Je n'ai pas le temps de t'expliquer. D'ici dix minutes, appelle-moi à Marinella et dis-moi que vous avez besoin de moi d'urgence au commissariat.

— Pourquoi, qu'est-ce qui se passa ?

— Pose pas de questions. Fais ce que je t'ai dit.

— Et moi, après ?

— Tu raccroches et tu te rendors.

Cinq minutes plus tard, Livia sortit de la salle de bains et il y entra. Tandis qu'il se brossait les dents, il entendit sonner le téléphone. Comme il l'avait prévu, Livia alla arépondre. Ce qui rendrait plus crédible la petite comédie qu'il avait concoctée.

— Salvo, il y a Fazio au téléphone !

Il passa dans la salle à manger la brosse à dents en bouche, lèvres tachées de dentifrice, en se murmurant au bénéfice de Livia qui restait à le mater :

— Mais même à cette heure, il n'y a pas moyen d'être tranquille ?

Il prit le combiné, hargneux :

— Qu'est-ce qu'il y a ?

— On a besoin de vous immédiatement au commissariat.

— Vous pouvez pas vous débrouiller tout seuls ? Non ? Bon, ben, j'arrive.

Il raccrocha violemment, jouant la fureur :

— Mais ils vont pas se décider à grandir ? Ils ont toujours besoin de l'aide de papa ? Excuse-moi, Livia, mais je dois malheureusement...

— J'ai compris, coupa Livia, d'une voix de banquise polaire. Moi, je vais me coucher.

— Tu m'attends ?

— Non.

Il s'habilla, sortit, entra dans la voiture et partit pour Marina di Montereale.

Il roula très très doucement parce qu'il voulait perdre du temps, être d'une manière ou d'une autre sûr que Laura et Guido étaient allés se coucher.

Quand, à Pizzo, il arriva à la hauteur de la deuxième maison, celle qui était inhabitée mais bien tenue, il s'arrêta et descendit en emportant la torche. Le reste de la route, il le fit à pied, dans la crainte qu'en approchant davantage avec l'auto, le bruit, dans le silence de la nuit, aréveille les amis.

Des fenêtres, nulle lumière ne filtrait, signe que Laura et Guido à présent voyageaient au pays des rêves.

Il s'approcha sur la pointe des pieds de l'habituelle fenêtre qui faisait fonction de porte, enjamba le rebord, entra, quand il fut dedans, il alluma la torche et s'adirigea vers le salon.

Il rouvrit le couvercle de la malle. On entrevoyait le *catafero* parce qu'il avait été plusieurs fois enroulé dans une des grandes feuilles de nylon qui avaient servi à empaqueter l'appartement clandestin et en plus, ils l'avaient scellé avec de nombreux tours de ruban adhésif, du type marron qui sert à faire des paquets. Le cadavre semblait à mi-chemin entre la momie et un paquet prêt à être expédié.

En approchant un peu la torche, il se rendit compte que le corps, au moins pour ce qu'il réussissait à voir, était assez bien conservé, tout ce nylon avait dû lui faire l'effet d'un sérieux empaquetage sous vide. Il ne laissait échapper pas la moindre bribe de la terrible odeur de la mort.

Il s'efforça de regarder de plus près et nota que, sur et autour de la tête, il y avait des cheveux blonds et longs, tandis qu'on n'arrivait pas à voir le visage parce que deux tours de ruban adhésif passaient juste par-dessus.

C'était une femme, de ça il fut certain.

Il n'y avait plus rien à faire ni à voir. Il referma la malle, sortit de l'appartement, monta en voiture, s'en retourna à Marinella.

Il trouva Livia couchée, mais pas endormie. Elle lisait un livre.

— Ma chérie, j'ai fait le plus vite possible. Je prends la douche que j'ai pas eu le temps de prendre tout à l'heure et...

— Allez, viens, dépêche-toi. Ne perds pas plus de temps.

Quand, vers les 9 heures du lendemain matin, Livia sortit de la salle de bains, elle atrouva Montalbano assis sur la véranda.

— Mais comment ça, t'es encore là ? Tu m'avais dit que tu allais au commissariat pour l'histoire de hier soir !

— J'ai changé d'idée. Je me prends une demi-journée de vacances. Je viens avec toi à Pizzo et je prends ma matinée pour être avec vous.

— Oh, génial !

Laura, Guido et Bruno étaient déjà prêts à partir à la plage. Laura avait priparé les paniers parce qu'ils avaient prévu de rester toute la journée dehors.

Quand et comment donner la nouvelle ? ne cessait de se demander avec insistance le commissaire.

Ce fut justement Guido qui vint lui donner un coup de main.

— Tu as appelé ceux de l'agence pour leur signaler l'appartement abusif ?

— Pas encore.

— Et pourquoi ?
— J'ai peur qu'ils vous augmentent le loyer étant donné que vous avez un autre appartement à disposition.
Il avait tenté de le prendre à la galéjade mais Livia intervint.
— Allez, qu'est-ce que t'attends ? Je veux voir la tête de celui qui l'a loué.
Je veux voir la tienne, d'ici peu ! pinsa Montalbano.
Mais il dit :
— Quand même, il y a une grosse complication.
— Laquelle ?
— Tu peux envoyer Bruno ailleurs ? demanda Montalbano à voix basse à Laura.
Elle fixa le commissaire d'un air étonné mais fit ce qu'il demandait.
— Bruno, sois gentil avec maman. Va à la cuisine prendre une autre bouteille d'eau minérale dans le réfrigérateur.
La curiosité de tous avait été éveillée par cette requête.
— Eh beh ? fit Guido.
— Le fait est que j'ai trouvé un cadavre. De femme.
— Où ? demanda encore Guido.
— Dans l'appartement d'en dessous. Au salon. Dans une malle.
— Tu plaisantes ? s'exclama Laura.
— Non, il ne plaisante pas, dit Livia. Je le connais bien. Tu l'as découvert hier quand on est descendus ?
Bruno revint tenant une bouteille.
— Va en chercher une autre ! lancèrent-ils tous ensemble.
Le minot posa la bouteille par terre et sortit.
— Et toi, dit Livia qui acommençait à saisir toute l'histoire, tu as fait dormir mes amis avec un cadavre ?
— Mais, Livia, il est à l'étage du dessous ! C'est pas contagieux !
Tout à coup, Laura poussa son hurlement de sirène, celui dont elle avait la spécialité.
Rugerro, qui se prenait le soleil enroulé sur le mur, s'enfuit à grande vitesse. Bruno revint, posa la bouteille à

terre et courut en chercher une autre sans que personne lui ait rin dit.
— Saligaud ! dit Guido, furieux.
Et il suivit sa femme qui s'en était allée en pleurant dans la chambre à coucher.
— Mais je l'ai fait pour leur bien ! tenta de s'excuser Montalbano à l'adresse de Livia.
Elle lui retourna un regard de mépris.
— Cette nuit, quand Fazio a téléphoné, tu t'étais mis d'accord avec lui pour avoir un prétexte pour sortir, pas vrai ?
— Oui.
— Et tu es revenu voir de plus près le cadavre ?
— Oui.
— Et après, tu as fait l'amour avec moi ! Tu es un animal, une brute !
— Mais j'ai pris une douche pour ne...
— Tu es un être répugnant !
Elle se leva, le laisant en plan et alla auprès de ses amis. Elle revint cinq minutes plus tard, très très froide.
— Ils font leurs bagages.
— Ils partent ?! Et les billets ?
— Guido a décidé de ne pas attendre une minute de plus, ils partent en voiture. Accompagne-moi à Marinella. Je fais ma valise parce que je pars moi aussi. Je vais avec eux.
— Mais, Livia, essaie de raisonner !
— Je ne veux pas entendre un mot de plus !
Rien à faire. Durant tout le voyage jusqu'à Marinella, elle ne rouvrit pas la bouche et Montalbano n'osa pas insister. À peine arrivés, Livia pripara sa valise à la *sanfasò* et ensuite alla s'asseoir sur la véranda en faisant la gueule.
— Tu veux que je te prépare à manger ?
— Toi, tu ne penses qu'à deux choses.
Elle ne les dit pas, ces choses, mais Montalbano acomprit pareil.
Vers 13 heures, Guido arriva à Marinella pour prendre Livia. Dedans la voiture, il y avait aussi Ruggero dont, évidemment, Bruno n'avait pas voulu se séparer. Guido remit les clés de la villa à Montalbano mais ne lui tendit

pas la main. Laura tourna la tête de l'autre côté, Bruno lui fit une grimace, Livia ne l'embrassa même pas.

Montalbano, le rejeté, le délaissé, les vit partir, désespéré. Mais en éprouvant aussi, tout au fond, une pointe de soulagement.

Pour commencer, il téléphona à Adelina.

— Adelì, Livia a dû s'en retourner à Gênes. Tu peux venir demain matin ?

— Oh que oui. Mais *vegnu macari tra un dù orate*, mais je vais venir aussi d'ici deux heures.

— Pas besoin.

— Oh que oui, je viens quand même. Je m'imagine dans quel état dégueulasse elle a dû laisser la maison, la demoiselle !

En cuisine, il y avait un peu de pain dur. Il se le mangea avec une tranche de fromage qui restait au réfrigérateur. Puis il se recroquevilla sur le lit et s'endormit.

Il s'aréveilla qu'il était 16 heures. Au bruit de vaisselle en cuisine, il comprit qu'Adelina était déjà arrivée.

— Adelì, tu m'apportes un café ?

— Ammédiatement, *dottori*.

Elle lui apporta le café avec une expression indignée.

— Sainte Mère ! Les assiettes étaient toutes grasses et dans la salle de bains, j'ai trouvé une paire de culottes sales !

Or, s'il y avait une femme maniaque de la propreté, c'était bien Livia. Mais aux yeux d'Adelina, elle avait toujours l'air d'une dont l'idéal était d'habiter dans une porcherie.

— Mais je te l'ai dit, elle a dû partir vite.

— *Si sciarriò ? Si spartì ?*

— Oui, on s'est engueulés. Non, on s'est pas quittés.

Adelina parut déçue et s'en retourna à la cuisine.

Montalbano se leva et alla téléphoner.

— Agence Aurora ? Le commissaire Montalbano, je suis. Je voudrais parler à M. Callara.

— Je vous le passe immédiatement, répondit une voix féminine.

— Commissaire ? Bonjour, je vous écoute.

— Vous restez à l'agence ?

— Oui, jusqu'à la fermeture. Pourquoi ?
— Je passe d'ici une demi-heure pour vous remettre la clé de la villa.
— Mais comment ?! Ils ne devaient pas rester jusqu'à...
— Oui, mais mes amis ont dû partir ce matin, à cause d'un deuil soudain, avec quelques jours d'avance.
— Écoutez, commissaire, je ne sais pas si vous avez lu le contrat.
— Je l'ai parcouru. Pourquoi ?
— Parce qu'il est clairement écrit que rien n'est dû au client en cas de départ anticipé.
— Et qui vous dit le contraire, monsieur Callara ?
— Ah, bon. Alors, ne vous dérangez pas à venir jusqu'ici, j'envoie quelqu'un au commissariat pour récupérer les clés.
— Je dois vous parler et puis vous montrer quelque chose.
— Passez quand vous voulez.

— Catarella ? Montalbano, je suis.
— Je vous avais reconnu de par le fait que la voix est exagtement la vôtre, *dottori*.
— Il y a du neuf ?
— Oh que non, *dottori*. Essession faite que Filippo Ragusano, vosseigneurie l'aconnaît, c'est lui dont auquel qu'il a le magasin de chaussures à côté de l'église, il tira sur son beau-frère Manzella Gasparino.
— Il le tua ?
— Oh que non, *dottori*, en frôlant, il le toucha.
— Fazio est là ?
— Oh que non, *dottori*. Il est allé dans le parage du pont de fer passque un type cassa la tête de sa femme.
— Très bien. Je voulais te dire...
— Mais il y eut un truc qui se passa.
— Ah oui ? En fait, j'ai cru qu'il s'était rien passé. Qu'est-ce qu'il arriva ?
— Il arriva que le vice-inspecteur Virduzzo Alberto, en se rendant dans une localité boueuse, glissa sur la susdite avec les deux jambes desquelles il cassa une. Gallo l'emmena au pital.
— Écoute, je voulais te dire que je vais arriver tard.

— Vosseigneurie est le patron.

M. Callara était occupé avec un client. Montalbano sortit se fumer une cigarette. Il faisait une chaleur qui avait presque fait fondre l'asphalte, les chaussures y restaient collées. Dès que M. Callara se libéra, il vint en pirsonne le chercher.
— Venez dans mon bureau, commissaire. J'ai l'air conditionné.
Que Montalbano détestait. Tant pis.
— Avant de vous emmener avec moi voir quelque chose...
— Et où voulez-vous m'emmener ?
— Dans la villa que vous avez louée à mes amis.
— Pourquoi ? Il y avait quelque chose qui n'allait pas, quelque chose de cassé ?
— Non, tout va bien. Mais c'est mieux que vous veniez.
— Comme vous voulez.
— Il me semble me souvenir que vous, quand vous m'avez emmené voir la villa, vous m'avez dit que c'était un émigré en Allemagne qui l'avait fait construire, Angelo Speciale, qu'il s'était marié avec une veuve allemande dont le fils, Ralf, il me semble, qui était venu avec son beau-père, avait mystérieusement disparu lors du voyage de retour. C'est bien ça ?
Callara le fixa avec admiration.
— Quelle mémoire vous avez ! C'est bien ça.
— Naturellement, vous avez le nom, l'adresse et le téléphone de Mme Speciale ?
— Bien sûr. Attendez un instant que je trouve les coordonnées de Mme Gudrun.
Montalbano les nota sur un bout de papier et Callara fut pris de curiosité.
— Mais dans quel but...
— Vous allez comprendre tout à l'heure. Il me semble me rappeler aussi que vous m'avez dit le nom du géomètre qui avait fait les plans de la villa et dont il avait dirigé la construction.

— Oui. Le géomètre Michele Spitaleri. Vous voulez son téléphone ?
— Oui.
Il le nota aussi.
— Écoutez, commissaire, vous voulez bien me dire pourquoi...
— Je vous dirai tout en route. Voilà la clé, emmenez-la.
— Ça sera long ?
— Je n'en sais rien.
Callara le regarda d'un air interrogateur. Montalbano arbora un masque neutre.
— Peut-être qu'il vaut mieux que j'avertisse l'employée, dit M. Callara.

Ils partirent avec la voiture de Montalbano qui, chemin faisant, raconta à M. Callara comment le minot Bruno avait disparu, comment ils l'avaient cherché et comment finalement, ils l'avaient sorti avec l'aide des pompiers.
M. Callara s'inquiéta d'une seule chose.
— Ils ont fait du dégât ?
— Qui ?
— Les pompiers. Ils ont fait des dégâts à la villa ?
— Non, à l'intérieur non.
— Tant mieux. Passqu'une fois, dans une maison où la cuisine avait brûlé, ils ont fait plus de dégât que le feu.
Pas un mot sur l'appartement abusif.
— Vous avez l'intention d'avertir Mme Gudrun ?
— Bien sûr, bien sûr. Mais, elle, certainement, elle n'en sait rien, ça a dû être une idée d'Angelo Speciale, je vais devoir m'occuper de tout.
— Vous allez demander la régularisation ?
— Ben, je ne sais pas si...
— Faites attention, monsieur Callara, que je suis un officier public. Je ne peux faire comme si de rien n'était.
— Si, c'est une hypothèse, hein, si j'avertis le géomètre Spitaleri et que je fais remettre tout comme avant...
— Alors, je vous dénonce, vous, Mme Gudrun et le géomètre pour construction abusive.
— Si c'est comme ça...

— *Talè, talè* ! Voyez ça, voyez ça ! fut l'exclamation émerveillée de M. Callara quand il entra par la fenêtre dedans la salle de bains et qu'il la vit prête à être utilisée.

Avec la torche allumée, Montalbano le conduisit dans les autres pièces.

— *Talè, talè* !

Puis ils arrivèrent au salon.

— *Talè, talè* !

— Regardez, même les cadres sont prêts. Il suffit de défaire les paquets.

— *Talè, talè* !

Comme par hasard, le commissaire fit un instant tomber la lumière de la torche sur la malle.

— Et ça, qu'est-ce que c'est ? demanda M. Callara.

— Une malle, il me semble.

— Qu'est-ce qu'il y a dedans ? Vous l'avez ouverte ?

— Moi ? Non. Pourquoi j'aurais dû l'ouvrir ?

— Vous me prêtez la torche ?

— La voilà.

Tout se déroulait comme prévu.

M. Callara souleva le couvercle, dirigea le rayon de la torche dans la malle, ne dit pas *talè talè*, mais fit un grand saut en arrière.

— Oh, mon Dieu ! Oh, mon Dieu !

La lumière de la lampe tremblait dans ses mains.

— Qu'est-ce qu'il y a ?

— Mais... mais... là-dedans... il y a... un mort !

— Vraiment ?!

CINQ

Comme ça, enfin officialisée l'existence du *catafero* en tant que mort, le commissaire put enfin s'en occuper.

En virité, d'abord, il dut s'occuper de M. Callara, lequel, après s'être rué au-dehors par la fenêtre, acommença à vomir jusqu'à ce qu'il avait mangé une semaine avant.

Montalbano ouvrit le vrai appartement, fit s'asseoir M. Callara qui avait les virtiges sur le divan du salon, lui apporta un verre d'eau.

— Je peux rentrer chez moi ?

— Vous plaisantez ? Comment je fais pour vous accompagner ?

— Je téléphone et mon fils vient me chercher.

— Vous rêvez ! Vous devez attendre le proc' ! C'est vous qui avez découvert le cadavre, oui ou non ? Vous voulez encore un peu d'eau ?

— Non, j'ai froid.

Froid avec cette canicule ?

— Je vais vous chercher un plaid que j'ai en voiture.

Quand il eut fini de jouer les bons Samaritains, il appela le commissariat.

— Catarella ? Fazio est là ?

— Il va pas tarder d'être en train d'arriver, *dottori*.

— Qu'est-ce que ça signifie ?

— Il vient tout juste d'atiliphoner pour dire comme ça j'arrive d'ici cinq minutes. C'est-à-dire que c'est lui qui arrive. Moi, au contraire, non, parce que arrivé, je le suis déjà.
— Écoute, vu qu'on a découvert un *catafero*, dis-lui de m'appeler tout de suite à ce numéro.
Et il lui donna celui de la villa.
— Hi ! Hi ! fit Catarella.
— Tu ris ou tu pleures ?
— J'aris, *dottori*.
— Et pourquoi ?
— Passque c'était toujours moi qui y disais à vosseigneurie qu'on a atrouvé un mort et au contraire, c'est vosseigneurie, cette fois qui me dit qu'on l'atrouva !

Cinq minutes plus tard, le téléphone sonna.
— Qu'est-ce qui fut, *dottore* ? Un mort, vous trouvâtes ?
— C'est le propriétaire de l'agence qui a loué la villa à mes amis qui l'a trouvé, heureusement, les amis étaient déjà partis avant d'apprendre la belle découverte.
— C'est un mort frais ?
— Je dirais pas ça, et même je l'exclurais. Tu sais, j'ai dû secourir le pauvre M. Callara qui l'a trouvé, je ne l'ai vu qu'en passant.
— Alors, c'est cette villa où vous avez envoyé les pompiers ?
— Exactement. Marina di Montereale, campagne Pizzo, la dernière maison sur la route de terre. Viens avec quelqu'un. Avise le proc' et le Dr Pasquano, moi j'n'ai pas envie.
— J'arrive tout de suite, *dottore*.

Fazio, qui était venu avec Galluzzo, mit ses gants et demanda à Montalbano :
— Je peux descendre voir ?
Le commissaire était dans une chaise longue sur la terrasse, à contempler le coucher de soleil.
— Bien sûr. Fais attention de ne pas laisser d'empreintes.
— Vosseigneurie ne vient pas ?
— Pour quoi faire ?

Une demi-heure plus tard, se déchaîna le bordel typique.

D'abord arrivèrent ceux de la Scientifique, mais comme dedans le salon souterrain on voyait que dalle, ils perdirent une demi-heure à installer une connexion provisoire pour la lumière.

Puis arriva le Dr Pasquano avec l'ambulance et ses croque-morts. Se rendant compte aussitôt que pour prendre son tour, il faudrait encore du temps, le docteur se prit une chaise longue, s'assit à côté du commissaire et s'assoupit.

Au bout d'une heure, comme le soleil était maintenant presque complètement tombé, un type de la Scientifique vint l'aréveiller et lui demander :

— *Dottore*, étant donné que le corps est empaqueté, qu'est-ce qu'on doit faire ?

— Défaire le paquet, fut la laconique réponse.

— Oui, mais on le fait nous, ou vous le faites vous ?

— Vaut mieux que je le fasse moi, dit Pasquano en se levant avec un soupir.

— Fazio ! appela Montalbano.

— À vos ordres, *dottore*.

— Le *dottor* Tommaseo est arrivé ?

— Oh que non, *dottore*, il a téléphoné qu'il ne pourrait pas être ici avant une heure.

— Tu sais ce que je dis ?

— Oh que non.

— Que je m'en vais manger et que je reviens. Toute façon, il me semble que c'est un truc très long.

En passant par le salon, il vit Callara qui n'avait pas bougé du divan. Il lui fit peine.

— Venez avec moi, je vous accompagne à Vigàta. J'expliquerai, moi, au *dottor* Tommaseo comment ça s'est passé.

— Merci ! Merci ! s'exclama l'autre en lui tendant le plaid.

Il laissa M. Callara devant l'agence maintenant fermée.

— Faites attention : ne parlez avec personne de cette histoire de mort.

— Mon cher commissaire, moi je crois que j'ai quarante de *fevri*. J'arrive même pas à respirer, alors, figurez-vous si j'ai le souffle pour parler !

En allant chez Enzo, il perdrait certainement trop de temps et donc, il se dirigea vers Marinella.

Dedans le frigo, il atrouva une assiette très considérable de caponata et un gros morceau de *cacciocavallo* de Raguse. Adelina lui avait aussi acheté du pain frais. Il avait un pétit à lui brûler les yeux.

Il mit une bonne heure pour tout nettoyer en l'accompagnant d'une demi-flasque de vin. Puis il se lava le visage, remonta en voiture et s'en revint à Pizzo.

Dès qu'il fut arrivé, le proc' Tommaseo, qui se tenait sur l'esplanade devant la villa, courut à sa rencontre.

— Il paraît que c'est un crime d'inspiration sexuelle !

Ses yeux étincelaient, sa voix était quasiment allègre. Il était fait comme ça, le *dottor* Tommaseo : dans chaque crime passionnel, dans chaque meurtre de cocu ou pour des histoires de sexe, il barbotait avec bonheur. Montalbano avait acquis la conviction que c'était un véritable maniaque, mais seulement mental.

Devant chaque belle femme qu'il interrogeait, il bavait comme un escargot mais on lui connaissait ni relations ni amitiés féminines.

— Le *dottor* Pasquano est encore à l'intérieur ?

— Oui.

Dans l'appartement abusif, on manquait d'air. Trop de pirsonnes entraient et sortaient, trop de chaleur émanait des deux grosses lampes que la Scientifique avait allumées. L'air renfermé d'avant était encore plus renfermé, sauf que maintenant il puait la sueur d'homme et l'odeur de la mort, oui, maintenant, elle arrivait aux narines.

De fait, le *catafero* avait été retiré de la malle, déballé tant bien que mal, vu qu'on voyait encore des bouts de nylon collés à la peau peut-être parce qu'il s'était fondu avec elle. Ils l'avaient posé, nu comme il était sur le brancard et le Dr Pasquano, en jurant, finissait de l'examiner.

Montalbano comprit que ce n'était pas le moment de rin lui demander.

— Appelez-moi le proc' ! ordonna tout à coup le docteur.

Tommaseo arriva.

— Écoutez, monsieur le Juge, ici, je peux pas continuer, il fait trop chaud, il est en train de se liquéfier à vue d'œil. Je peux le faire emporter ?

Tommaseo jeta un coup d'œil interrogateur au chef de la Scientifique.

— Pour moi, oui, dit Arquà.

Vanni Arquà et Montalbano se cassaient les burnes mutuellement.

Ils ne se disaient pas bonjour et ne se parlaient qu'en cas de stricte nécessité.

— Alors, emportez le cadavre et mettez les scellés sur la fenêtre, ordonna Tommaseo.

Pasquano lança un regard à Montalbano. Le commissaire, sans saluer personne, s'en retourna au-dessus, se prit une bouteille de bière au frigo – Guido avait fait des provisions – et alla sur la terrasse en se plaçant sur sa chaise longue habituelle. Il entendit le bruit des voitures qui partaient.

Au bout d'un moment, arriva le Dr Pasquano qui s'assit comme auparavant.

— Je vois que vous connaissez la maison. Je pourrais avoir aussi une bière.

Comme il allait à la cuisine, il vit entrer Fazio et Galluzzo.

— *Dottore*, on peut y aller ?

— Bien sûr. Prends-toi ce papier. Le numéro de téléphone est celui d'un certain géomètre Michele Spitaleri. Cherche-le-moi, tout de suite, tu dois absolument le trouver et lui dire que demain matin, à 9 heures précises, je l'attends au commissariat. Bonne nuit.

Il apporta la bière fraîche à Pasquano et lui raconta comment il se faisait qu'il connaissait la maison. Puis, dit :

— *Dottore*, la soirée est trop belle pour vous faire mettre en rogne. Dites-moi si vous voulez répondre à quelques questions ou non.

— Pas plus de quatre ou cinq.
— Vous avez réussi à établir son âge ?
— Oui. Elle devait avoir dans les quinze-seize ans. Une.
— Tommaseo m'a dit que c'était un meurtre d'inspiration sexuelle.
— Tommaseo est un con et un pervers. Deux.
— Comment ça, deux ? Ça, vous pouvez pas le considérer comme une question ! Ne trichez pas ! On est toujours à la première !
— Bon, d'accord.
— Deuxième question : elle a été violée ?
— Je ne suis pas en mesure de vous le dire. Et peut-être même pas après l'autopsie. Mais je présume que oui.
— Troisième : comment on l'a tuée ?
— On lui a tranché la gorge.
— Quatrième : il y a combien de temps ?
— Cinq ou six ans. Elle s'est conservée parce qu'elle a été bien emballée.
— Cinquième : d'après vous, on l'a tuée là-dessous ou ailleurs ?
— Ça, vous devriez le demander à la Scientifique. En tout cas, Arquà a trouvé d'abondantes traces de sang sur le sol.
— Sixième...
— Eh non ! Délai écoulé et bière finie. Bonne nuit.

Il se leva et s'en alla. Montalbano aussi se leva mais pour aller en cuisine se prendre une autre bière.

Il ne trouvait pas le courage d'abandonner la terrasse par une nuit pareille. Puis, d'un coup, il ressentit le manque de Livia. Le soir précédent, ils étaient assis dans le même lieu, ils étaient comme deux tourtereaux...

Et alors, la nuit, tout à coup, lui parut froide.

Fazio était au commissariat dès 8 heures du matin, Montalbano arriva une demi-heure plus tard.
— *Dottore*, vosseigneurie doit me pirdonner, mais moi, j'y crus pas.
— C'est quoi que tu crois pas ?
— Comment ça s'est passé, la découverte du cadavre ?

— Comment ça devait se passer, Fazio ? M. Callara a vu par hasard la malle, il a soulevé le couvercle et...

— *Dottore*, d'après moi, vous vous êtes arrangé pour que ce soit Callara qui le découvre.

— Et pourquoi j'aurais fait ça ?

— Passque vosseigneurie, le *catafero*, vous l'aviez déjà trouvé, quand vous êtes allé prendre le minot. Vosseigneurie est un chien de chasse ! Figurez-vous que vous n'avez pas ouvert la malle ! Vous ne l'avez pas dit de suite pour laisser vos amis partir en paix.

Il avait tout acompris. Ça ne s'était pas passé exactement comme ça, mais Fazio, en tout cas, il avait mis dans le mille.

— Écoute, pense comme tu veux. Tu l'as trouvé, à Spinateli ?

— Je téléphonai, sa femme me donna le numéro du portable, d'abord il n'a pas répondu passqu'il était éteint, puis, au bout d'une heure, il arépondit. À 9 heures pile, il vient.

— Tu t'es informé ?

— Bien sûr, *dottore*.

Il tira de sa poche un bout de papier et commença à lire.

— Spitaleri Michele, né de Bartolomeo et Finocchiaro Maria, à Vigàta le 6 novembre 1960 et là habitant 44, via Lincoln, marié avec...

— Assez, dit Montalbano, je t'ai laissé aller à ta manie des données de l'état civil passeque aujourd'hui, je suis de bonne humeur, mais maintenant, suffit.

— Merci de votre bonté, dit Fazio.

— Dis-moi qui est ce Spitaleri.

— Spitaleri, étant donné que sa sœur a épousé Allessandro Pasquale et étant donné qu'Alessandro, qui est le nom de famille, est depuis huit ans maire de Vigàta, il en découle qu'il est le beau-frère du maire.

— Élémentaire, mon cher Watson.

— En cette qualité, étant donné qu'il a bien trois entreprises de construction et qu'il est géomètre, il remporte quatre-vingt-dix pour cent des appels d'offre de la commune.

— Et on les lui laisse remporter ?
— Oh que oui, passequ'il paie l'impôt de la Mafia en partie égale aussi bien aux Cuffaro qu'aux Sinagra. Naturellement, il paie aussi un pourcentage à son beau-frère.

Et comme ça, étant donné que les Cuffaro et les Sinagra étaient les deux familles mafieuses dominantes en guerre entre elles, le géomètre était tranquille.

— Et le coût final de chaque marché public finit par atteindre le double de celui qui avait été établi au départ.
— Mon cher *dottore*, ce pauvre monsieur Spitaleri ne peut pas faire autrement, passque sinon, il y perd.
— Autre chose ?

Fazio eut un geste vague.
— Des rumeurs.
— C'est-à-dire ?
— Il aime beaucoup les mineures.
— Un pédophile ?
— *Dottore*, je sais pas comment ça peut s'appeler, le fait est qu'il aime les minotes entre quatorze et quinze ans.
— Et pas celles de seize ?
— Non, elles lui semblent tapées.
— Ça doit être un type qui va souvent à l'étranger, qui fait du tourisme sexuel.
— Oh que oui, mais ici aussi, il trouve. L'argent lui manque pas. On dit, au pays, qu'une fois, le père et la mère d'une petitoune voulaient porter plainte contre lui mais qu'il a déboursé un paquet de millions et il s'en est sorti. Une autre fois, pour un dépucelage, il a payé avec un appartement.
— Et il trouve des gens disposés à lui vendre leur fille ?
— *Dottore*, maintenant, c'est pas le marché libre ? Et le marché libre, c'est pas un signe de démocratie, de libérté et de progrès ?

Montalbano le fixa, l'air abasourdi.
— Pourquoi vous me regardez comme ça ?
— Passque ce que tu viens de dire, c'est moi qui aurais dû le dire...

Le téléphone sonna.
— *Dottori*, il y a ici M. Spitaleri qui dit qu'il aurait...

— Oui, fais-le entrer.
— Tu lui as dit le motif de la convocation ?
— Vous galéjez ou quoi ? Bien sûr que non.

Spitaleri, bronzé jusqu'au marron, tout bien vêtu, veste vert pâle qu'on aurait dit une épluchure d'oignon, Rolex, cheveux aux épaules, bracelet d'or, crucifix d'or visible dans les poils de la poitrine sortant de la chemise déboutonnée, mocassins jaunes sans chaussettes, était évidemment nerveux à cause de ce coup de fil. Il suffisait de voir comment il s'asseyait au bord de la chaise. Il parla en premier.

— Je suis venu comment vous l'avez voulu, mais croyez-moi, sincèrement, je n'arrive pas à comprendre...
— Vous allez comprendre.

Pourquoi, tout de suite, il avait eu tant d'antipathie ? Il adécida de jouer l'habituelle comédie de laisser passer le temps.

— Fazio, tu as fini, à côté, avec Franceschini ?

À côté, il n'y avait aucun Franceschini, mais Fazio, avait une longue expérience dans le rôle du comparse.

— Pas encore, *dottore*.
— Écoute, je vais venir avec toi, comme ça, on boucle l'affaire en cinq minutes.

Et, à l'adresse de Spitaleri, en se levant :
— Un petit peu de patience et je suis tout de suite à vous.
— Écoutez, commissaire, j'ai un rendez-vous que...
— Je comprends.

Ils allèrent dans le bureau de Fazio.

— Dis à Catarella de me faire un café avec ma cafitière. Tu en veux ?
— Oh que non, *dottore*.

Il se but son café sans se presser et après se fuma une cigarette sur le parking. Spitaleri était arrivé dans une Ferrari noire. Ce qui augmenta l'anthipatie de Montalbano pour le géomètre. Une Ferrari dans un village, c'est comme un lion gardé dans la salle de bains d'un appartement.

Quand il revint dans son bureau avec Fazio, il surprit Spitaleri le portable à l'oreille en train de parler.

— ... à Filiberto. Je te rappelle, dit Spitaleri en les voyant entrer.

Et il se remit l'appareil dans les poches.

— Je vois que vous avez téléphoné d'ici, dit sévèrement Montalbano en commençant une improvisation digne de la commedia dell'arte.

— Pourquoi ? Je ne pouvais pas ? demanda le géomètre sur un ton belliqueux.

— Vous auriez dû me le dire.

Spitaleri arougit de fureur.

— Moi, je ne suis pas tenu de vous dire quoi que ce soit ! Jusqu'à preuve contraire, je suis un libre citoyen ! Si vous avez quelque chose...

— Calmez-vous, monsieur Spitaleri. Vous êtes en train de tomber dans un grave malentendu.

— Pas le moindre malentendu ! Vous êtes en train de me traiter comme quelqu'un qu'on vient d'arrêter !

— Mais qu'est-ce que vous allez chercher !

— Je veux mon avocat !

— Monsieur Spitaleri, prenez le temps d'écouter ce que j'ai à vous dire et après vous déciderez si vous devez appeler ou pas votre avocat.

— Je vous écoute.

— Voilà. Si vous m'aviez dit que vous vouliez téléphoner à quelqu'un, je vous aurais comme il se doit averti que tous les coups de fil qui arrivent et partent des commissariats italiens, même ceux passés par portable, sont écoutés et enregistrés.

— Comment ?!

— Eh oui. Exactement. Une très récente disposition du ministère. Vous savez, avec toutes ces histoires de terrorisme...

Spitaleri était devenu blême comme un mort.

— Je veux la bande !

— Mais vous voulez toujours quelque chose ! Votre avocat, la bande...

Le comparse Fazio se mit à rire.

— Ah ah ah ! La bande, il veut !

— Oui. Et je ne vois pas ce qu'il y a d'amusant !

— Je vais vous l'expliquer, moi, intervint Montalbano. Ici, nous n'avons aucune bande. Les écoutes arrivent directement par satellite à l'antimafia et à l'antiterrorisme à Rome. Et là, elles sont enregistrées. Pour éviter interférences, effacements, omissions. Vous comprenez ?

Spitaleri suait qu'on aurait dit une fontaine.

— Et ensuite, qu'est-ce qui se passe ?

— Si, en écoutant l'enregistrement, ils entendent quelque chose qui cloche, ceux de Rome nous avertissent et nous commençons les enquêtes. Mais vous, excusez-moi, quel motif avez-vous de vous préoccuper ? Vous êtes sans antécédents, il me semble, vous n'êtes pas un terroriste, ni un mafieux...

— Bien sûr, mais...

— Mais ?

— Vous voyez... il y a vingt jours, dans un de mes chantiers de Montelusa, il y a eu un accident.

Montalbano jeta un regard à Fazio et celui-ci lui fit signe qu'il n'en savait rien.

— Quel genre d'accident ?

— Un ouvrier... un Arabe...

— Clandestin ?

— À ce qu'il me semble, oui... mais on m'avait assuré que...

— ... qu'il ne l'était pas.

— Oui. Parce que la régularisation était...

— ... en cours.

— Mais alors vous savez tout !

— Exactement, dit Montalbano.

SIX

Et arborant un sourire très malin, il arépéta :
— Cette histoire, nous la connaissons parfaitement.
— Tu parles, si on la connaît ! répéta Fazio en émettant un rire désagréable.

C'était une calembredaine grosse comme une maison. C'était la première fois que tous deux entendaient parler de cette affaire.

— Il est tombé de l'échafaudage du... hasarda le commissaire.

— ... du troisième étage, oui monsieur, confirma Spitaleri à présent détrempé de sueur. Ça s'est passé, comme vous devez le savoir, le samedi. À la fin du travail, on l'a plus vu, donc ils ont pensé qu'il était déjà parti. On s'en est aperçu le lundi, quand le chantier a repris le travail.

— Ça aussi, je le sais, ça nous a été communiqué par le...

— ... le commissaire Lozupone de Montelusa qui s'est occupé de l'enquête avec beaucoup de sérieux, conclut Spitaleri.

— Lozupone, bravo. À propos, comment s'appelait l'Arabe, vu qu'en ce moment je ne m'en souviens pas ?

— Moi non plus, je ne me rappelle pas.

Peut-être, pensa Montalbano, *faudrait-il faire un grand monument, comme le Vittoriano à Rome qui est dédié au*

Soldat inconnu, un monument en mémoire des travailleurs clandestins inconnus morts au travail pour un quignon de pain.

— Oui, mais, voyez-vous, cette histoire de la barrière de protection...

Deuxième gros risque.

— Il y en avait une, oui ! Je vous le jure ! Votre collègue l'a vue de ses propres yeux ! La vérité est que cet Arabe était complètement saoul, il a enjambé la barrière et il est tombé.

— Vous êtes au courant des résultats de l'autopsie ?

— Moi ? Non.

— Il n'y avait pas trace d'alcool dans le sang.

Autre calembredaine. Montalbano tirait au hasard.

— Mais sur les vêtements, oui, dit Fazio avec toujours le même rire.

Lui aussi les balançait *ammuzzu*, comme ça lui venait.

Spitaleri ne dit rin, il ne fit même pas semblant de s'étonner.

— Avec qui avez-vous parlé, à l'instant ? reprit le commissaire.

— Avec le chef de chantier.

— Et qu'est-ce que vous lui avez dit ? Attention que vous n'êtes pas tenu de répondre. Mais, dans votre propre intérêt...

— D'abord je lui ai dit que vous m'aviez convoqué certainement pour cette affaire de l'Arabe et puis...

— Ça suffit, monsieur Spitaleri, ne dites rien d'autre, coupa le commissaire, l'air magnanime. Moi, je suis tenu de respecter votre vie privée, vous savez ? Et je le fais non par respect formel de la loi, mais par un profond respect, pour moi, inné, envers les autres. Si depuis Rome, ils me font savoir quelque chose, je vous ferai venir nouvellement au commissariat pour vous interroger.

De derrière le dos du géomètre, Fazio mima un applaudissement en signe d'admiration pour le numéro de Montalbano.

— Alors, je peux y aller ?

— Non.

— Pourquoi ?
— Voyez-vous, je ne vous ai pas convoqué pour l'enquête sur la mort de votre ouvrier, mais pour un tout autre motif. Vous vous rappelez avoir conçu et construit une villa au lieu-dit Pizzo, à Marina de Montereale ?
— Celle d'Angelo Speciale ? Oui.
— J'ai le devoir de vous communiquer l'existence d'un délit. Nous avons découvert un étage entier abusif.

Spitaleri ne cacha pas un long soupir de soulagement puis se mit à rire. Il s'attendait peut-être à une accusation plus lourde ?

— Vous l'avez découvert ? Vous avez perdu votre temps. Mais ça c'est, excusez-moi, une couillonnade énorme ! Mon cher commissaire, la pratique des constructions abusives, chez nous, je dirais que c'est obligatoire pour ne pas passer pour un imbécile aux yeux des autres. Tout le monde le fait ! Il suffit maintenant que Speciale dépose une demande de régularisation et...

— Ce qui n'enlève rien au fait que vous, en qualité de constructeur et de directeur des travaux, vous n'avez pas respecté le permis de construire.

— Mais commissaire, je vous répète, c'est une bêtise !

— C'est un délit.

— Un délit, vous dites ? Moi, je dirais, au maximum, une légère erreur, de celles qu'autrefois, à l'école, on signalait au crayon rouge. Vous, croyez-moi, vous n'avez pas intérêt à me poursuivre.

— Est-ce que par hasard vous seriez en train de me menacer ?

— Je ne le ferais jamais en présence d'un témoin. Sauf que si vous me poursuivez, toute la ville va rire dans votre dos, vous vous rendrez ridicule.

Il avait repris courage, cette putain de fripouille. Pour l'histoire du coup de fil il se chiait quasiment dessus, pour la construction abusive, il le prenait en rigolant.

Montalbano alors adécida de lui tirer entre les deux yeux.

— Peut-être avez-vous raison mais malheureusement, je vais être obligé de m'occuper quand même de cet appartement abusif.

— Mais vous pouvez m'expliquer pourquoi ?
— Parce que dedans, nous avons trouvé un cadavre.
— Un ca... davre ? fit le géomètre en sursautant.
— Oui. D'une jeune fille de quinze ans. Une mineure. À peine plus qu'une enfant. Horriblement égorgée.

Il avait fait exprès d'insister sur les mots qui se référaient à la jeunesse de la victime.

De fait, Spitaleri écarta d'un coup les bras comme pour résister à une force qui le tirait en arrière, tenta de se lever mais ses jambes se dérobèrent, le souffle lui manqua et il retomba sur la chaise.

— De l'eau ! aréussit-il avec peine à articuler.

Ils lui donnèrent de l'eau, lui firent aussi venir un cognac du bar.

— Vous vous sentez mieux ?

Spitaleri, qui ne semblait pas encore en état de parler, fit signe de la main qu'il se sentait comme ci comme ça.

— Écoutez, monsieur Spitaleri, pour l'instant, moi je parle et vous me dites oui ou non avec la tête. D'accord ?

Le géomètre baissa la tête, ce qui signifiait « oui ».

— Le meurtre de la jeune fille ne peut avoir eu lieu que la veille ou le jour même de l'enterrement définitif sous le sable de l'appartement abusif. S'il s'est passé la veille, le meurtrier a caché quelque part le cadavre et l'a emmené à l'intérieur seulement le jour suivant, juste à temps, puis l'accès a été rendu impossible. C'est clair ?

Signe que oui.

— Si en revanche, le meurtre a eu lieu le dernier jour, l'assassin n'a laissé qu'un espace vide, y a fait passer la fille, une fois à l'intérieur, il l'a violée, égorgée et fourrée dans la malle. Puis il est sorti de l'appartement et a fermé le dernier accès. Vous êtes d'accord ?

Il écarta les bras comme pour dire qu'il ne savait pas quoi dire.

— Vous avez suivi les travaux jusqu'au dernier jour ?

Le géomètre fit signe que non.

— Comment ça ?

Spitaleri leva les bras et fit un son grondant avec la bouche :

— Oooooonnnnn...

Est-ce qu'il imitait un avion ?

— Vous étiez en vol ?

Signe que oui.

— Combien de maçons y avait-il pour enterrer le niveau abusif ?

Spitaleri leva deux doigts.

Mais on allait continuer longtemps comme ça ? L'interrogatoire devenait un numéro comique.

— Monsieur Spitaleri, j'en ai plein le cul de vous voir répondre comme ça. Entre autres, il m'est venu le doute que vous nous prenez pour des couillons et que vous vous foutez de notre poire.

Puis il se retourna vers Fazio.

— Toi aussi, il t'est venu, ce doute ?

— Oui. À moi aussi.

— Alors, tu sais ce que tu vas faire ? Tu te l'emmènes aux toilettes, tu le fais déshabiller et tu le mets sous la douche jusqu'à ce qu'il se reprenne.

— Je veux mon avocat ! cria Spitaleri en retrouvant miraculeusement son souffle.

— Vous avez intérêt à faire de la publicité pour ça ?

— Comment ça ?

— Si vous appelez l'avocat, moi, j'appelle les journalistes. Je crois savoir que vous avez quelques précédents en fait de fillettes... S'ils se mettent à vous faire un procès public, vous êtes de toute façon foutu. Si au contraire, vous collaborez, dans cinq minutes vous êtes dehors.

Blême comme un mort, le géomètre fut pris d'une soudaine attaque de tremblotements...

— Qu'est-ce que vous voulez savoir d'autre ?

— Tout à l'heure, vous m'avez dit que vous n'avez pas pu suivre la fin des travaux parce que vous aviez pris l'avion. Combien de jours avant ?

— Je suis parti le dernier jour des travaux.

— Et vous vous rappelez quand c'était, ce dernier jour ?

— Le 12 octobre.

Fazio et Montalbano échangèrent un regard.

— Donc, vous êtes en mesure de me dire si, dans le salon, en plus des huisseries empaquetées dans la Cellophane, il y avait aussi une malle.

— Oui, il y en avait une.

— Vous en êtes sûr ?

— Tout à fait sûr. Et elle était vide. C'était M. Speciale qui l'avait fait descendre là. Elle lui avait servi pour emmener des affaires d'Allemagne. Et comme elle était devenue presque inutilisable et à moitié démolie, au lieu de la jeter, il l'a fait mettre au salon. Il disait que ça pouvait encore servir.

— Dites-moi les noms des deux maçons qui sont restés à travailler en dernier.

— Je ne m'en souviens pas.

— Alors, il vaut mieux que vous appeliez votre avocat, dit Montalbano. Parce que je dois vous accuser de complicité de...

— Mais je ne me les rappelle pas pour de bon !

— Je suis désolé pour vous, mais...

— Je peux passer un coup de fil à Dipasquale ?

— Qui est-ce ?

— Un contremaître.

— Celui auquel vous avez téléphoné tout à l'heure ?

— Oui. C'était lui, Dipasquale, le chef de chantier quand nous avons construit la villa de Speciale.

— Téléphonez donc mais, rappelez-vous, ne dites rien qui puisse vous compromettre. Pensez aux écoutes.

Spitaleri sortit son portable, forma un numéro.

— Allô, 'Ngilino ? C'est moi. Tu te souviens par hasard qui étaient les maçons qui ont besogné il y a dix ans à la construction de la villa de Pizzo, à Marina di Montereale ? Non ? Et comment je vais faire, maintenant ? C'est le commissaire Montalbano qui veut le savoir. Ah oui, c'est vrai. Excuse-moi.

— Dites, avant que j'oublie, vous pouvez me donner le numéro de portable d'Angelo Dipasquale ? Fazio, note-le.

Spitaleri le lui dicta.

— Alors ? insista Montalbano.

— Dipasquale ne se rappelle pas les noms des maçons. Mais à mon bureau, ils y sont sûrement. Je peux aller les prendre ?
— Allez-y donc.
Le géomètre se leva et gagna la porte quasiment en courant.
— Attendez un moment. Fazio vient avec vous, il me les ramènera lui, les noms et les adresses. Vous, vous restez à notre disposition.
— Qu'est-ce que ça veut dire ?
— Que vous ne devez pas vous éloigner de Vigàta et des environs. Si vous devez vous déplacer plus loin, vous m'avertissez. À propos, vous vous rappelez où vous êtes allé, avec le vol du 12 octobre ?
— À... à Bangkok.
— Vous aimez vraiment la chair fraîche, hein ?

Dès que Spitaleri et Fazio furent sortis, il appela le contremaître. Il ne voulait pas laisser le temps au géomètre de lui téléphoner pour qu'ils se mettent d'accord sur les réponses à donner.
— Dipasquale ? Le commissaire Montalbano, je suis. Combien de temps il vous faut pour venir du chantier au commissariat de Vigàta ?
— Une demi-heure maximum. Mais il est inutile que vous me le demandiez, je peux pas venir maintenant, je besogne.
— Moi aussi je besogne. Et ma besogne consiste à vous dire de venir ici.
— Je vous arépète que je peux pas.
— Qu'est-ce que vous en dites si je vous envoyais pour vous prendre sous les yeux de vos maçons une de nos voitures sirènes hurlantes ?
— Mais qu'est-ce que vous voulez de *mia*, de moi ?
— Venez et je satisferai votre curiosité. Vous avez vingt-cinq minutes.

Il mit vingt-deux minutes précises pour arriver. Pour se dépêcher, il ne s'était pas changé, il portait encore une combinaison blanchie de plâtre. Dipasquale était un quinquagénaire aux cheveux blancs mais aux moustaches noires. Petit, trapu, il ne levait jamais les yeux vers ceux qui lui parlaient et quand il regardait, son regard était trouble.

— Je comprends pourquoi d'abord vous appelez M. Spitaleri pour l'histoire de l'Arabe et ensuite vous m'appelez moi pour la villa de Pizzo.

— Je ne vous ai pas appelé pour la villa de Pizzo.

— Ah non ? Et pourquoi, alors ?

— Pour la mort du maçon arabe. Comment s'appelait-il ?

— Je me l'arappelle pas. Mais ça a été un accident ! Il était complètement bourré ! Ce type-là, il buvait tous les jours de bon matin, vous vous imaginez, le samedi ! Le commissaire Lozupone, en fait, a conclu que...

— Laissez tomber les conclusions de mon collègue et dites-moi exactement comme ça s'est passé.

— Mais je l'ai déjà raconté au juge, au commisaire...

— Jamais deux sans trois.

— Bon, d'accord. À cinq heures et demie, samedi, nous avons fini de besogner et on s'en est allés. Le lundi matin...

— Stop. Vous ne vous êtes pas rendu compte que l'Arabe n'était pas là ?

— Non. Qu'est-ce qu'il faudrait que je fasse, que je me mette à faire l'appel ?

— Qui est-ce qui ferme le chantier ?

— Le gardien. Filiberto. Filiberto Attanasio.

Mais quand ils étaient entrés, surprenant Spitaleri qui téléphonait, celui-là, il avait pas dit justement ce prénom, Filiberto ?

— Pourquoi vous avez besoin d'un gardien ? Vous le payez pas, l'impôt de la Mafia ?

— Mais y a toujours querque cacou drogué qui...

— J'ai compris. Où est-ce que je peux le trouver ?

— À Filiberto ? Il fait aussi le gardien dans le chantier où on besogne en ce moment. Et donc il y dort.

— Dehors ?

— Oh que non, il y a un préfabriqué de taule.

— Dites-moi exactement où est ce chantier.
Dipasquale s'exécuta.
— Continuez.
— Mais je vous ai déjà dit tout ce que je sais ! Le lundi matin, on l'a atrouvé mort. Il était tombé de l'échafaudage du troisième. Il avait enjambé, bourré comme il était, la barrière de protection. C'était un accident, je vous dis !
— Pour l'instant, restons-en là.
— *Allura minni pozzu annari* ? Alors je peux m'en aller ?
— Dans un instant. Vous y étiez quand on a fini les travaux ?
Dipasquale écarquilla les yeux.
— Mais ils ont pas encore fini au chantier de Montelusa !
— Je vous parle de la villa de Pizzo.
— Mais vous m'aviez pas dit que vous m'aviez appelé pour l'Arabe ?
— Et maintenant, j'ai changé d'idée. Ça vous va ?
— Faut bien que ça m'aille.
— Vous savez, naturellement, qu'à Pizzo, on a construit un niveau entier abusif ?
Dipasquale ne se montra ni surpris ni perturbé.
— Bien sûr que je le sais. Mais moi, les ordres, j'y obéis.
— Vous connaissez le sens du mot « complicité » ?
— Je le connais.
— Et qu'est-ce que vous me dites ?
— Je vous dis qu'il y a complicité et complicité. Appeler complicité le fait d'avoir aidé un type à faire un appartement abusif, c'est comme appeler blessure mortelle une piqûre d'aiguille.
Dialectique, en plus, il était, M. le contremaître.
— Vous êtes resté à Pizzo jusqu'à la fin des travaux ?
— Non. M. Spitaleri m'a assigné à Fela quatre jours avant dans un endroit où qu'on finissait d'organiser d'autres chantiers. Mais, vous savez, le plus gros était fait, à Pizzo. Y restait juste à empaqueter l'appartement abusif et le couvrir de sable. C'était une besogne facile, y avait pas besoin de surveillant. Je m'asouviens que j'ai chargé deux

maçons, mais les noms, je me les oubliai. Mais comme vous dit M. Spitaleri, c'tes noms, on peut les connaître en regardant...

— Oui, le géomètre est allé voir. Écoutez, vous savez si M. Speciale est resté jusqu'à la fin des travaux ?

— Et il y avait aussi ce fou de beau-fils, *'u tidisco*, l'Allemand.

— Pourquoi vous le traitez de fou ?

— Passqu'il l'était.

— Dites-moi ce qu'il faisait de bizarre.

— Il était capable de rester une heure les pieds en l'air et la tête en bas. Et il se mangeait l'herbe en se mettant à quatre pattes comme les moutons.

— Quand il avait trop envie, y se baissait les brailles et le faisait devant tout le monde sans vergogne.

— De nos jours, des comme lui, y en a tant, vous savez ? Ils disent qu'ils aiment la nature et alors... Finalement, il me semble pas que l'Allemand faisait tant de folies que ça...

— Attendez. Un jour, il descendit sur la plage, et y avait des gens, et il s'est mis en tête de se déshabiller tout nu et de se mettre à suivre une minotte avec la bite à l'air.

— Et comment ça finit ?

— Ça finit que des jeunes qu'étaient là, ils l'ont chopé et ils lui ont flanqué la rouste.

Peut-être Ralf s'était-il mis en tête de jouer les faunes de Mallarmé. Mais ce que le chef de chantier lui disait était très intéressant.

— Vous connaissez d'autres épisodes de ce genre ?

— Oui. On m'a dit qu'il avait fait la même chose avec une autre minote qu'il avait rencontrée sur la petite route qui mène de la provinciale à Pizzo.

— Qu'est-ce qu'il fit ?

— Dès qu'il la vit, il se déshabilla nu et acommença à lui coller.

— Et la fille, comme a-t-elle réussi à se sauver ?

— Passque à ce moment était en train de passer la voiture de M. Spitaleri.

Juste l'homme qu'il faut au moment où il faut ! Toute une série d'expressions vinrent à l'esprit de Montalbano : entre le marteau et l'enclume, de Charybde en Scilla... Il s'enragea contre lui-même pour la banalité de ces pinsées.
— Écoutez-moi, M. Speciale, il ne les connaissait pas ces tentatives de son fils ?
— Bien sûr que oui !
— Et qu'est-ce qu'il disait ?
— Rin. Il se mettait à rire. Il disait qu'en Allemagne aussi, son beau-fils perdait la boule. Mais qu'il était inoffensif. Les minotes, il voulait juste les embrasser, il nous expliqua M. Speciale. Mais moi, je me demande comme ça : mon brave garçon, qu'est-ce que t'as besoin de te mettre nu, si les filles, tu veux juste les embrasser ?
— Bien, pour l'instant, vous pouvez y aller. Restez à notre disposition.

Dipasquale lui avait offert spontanément la tête de Ralf sur un plateau non pas d'argent, mais d'or. D'autant plus que le contremaître, jusqu'à ce moment, ne savait rien de la petite qu'on avait trouvée morte. Donc, il n'avait que l'embarras du choix entre deux maniaques sexuels : le géomètre Spitaleri et Ralf. Il y avait juste deux petits problèmes : le jeune Allemand avait disparu pendant qu'il s'en retournait en Allemagne et Spitaleri ce maudit 12 octobre était en voyage.

SEPT

Tant qu'à faire, pour passer le temps en attendant que Fazio revienne, il s'adécida à passer un coup de fil à la Scientifique.

— Je voudrais parler avec le *dottor* Arquà. Le commissaire Montalbano, je suis.

— Ne quittez pas.

Il eut le temps de se repasser sans se presser la table de multiplication par six, sept, huit et neuf.

— Commissaire Montalbano ? Je suis désolé, mais le *dottor* Arquà est très occupé pour le moment.

— Et quand est-ce qu'il se désoccupe ?

— Il vous prie de le rappeler d'ici une dizaine de minutes.

Occupé ? Occupé à se foutre de sa poire oui. Ce grandissime connard avait envie de se faire prier, de rendre sa parole précieuse. Mais en quoi un connard pouvait-il être précieux ? Et sa valeur pouvait-elle augmenter ?

Il se leva, sortit de son bureau, passa devant Catarella.

— Je vais me prendre un café au port. Je reviens tout de suite.

À peine dehors, il comprit que ce n'était pas une bonne idée. Sur le parking, la canicule était comme celle qu'on

sent devant un feu de cheminée. En touchant la poignée de la portière, il se brûla. En jurant, il rentra. Catarella le regarda ébahi et puis mata sa montre. Il n'arrivait pas à comprendre comment avait fait le commissaire pour aller au port, se boire un café et revenir en si peu de temps.
— Catarella, prépare-moi un café.
— *Dottori*, un autre ? Vous vous en êtes pas pris un juste là maintenant ? Trop de café, ça fait mal.
— Tu as raison. Laissons tomber.

— Je voudrais parler avec le *dottor* Arquà, s'il s'est désoccupé. Toujours le Montalbano de tout à l'heure, je suis.
— Ne quittez pas.
Cette fois, pas de tables de multiplication, mais de pénibles tentatives de chanter d'abord un air qui devait être des Rolling Stones et puis un autre qui peut-être était des Beatles, mais qui devenait presque pareils parce que lui, on peut pas dire qu'il chantait vraiment juste.
— *Dottor* Montalbano ? Le *dottor* Arquà est encore occupé. Si vous voulez, vous pouvez rappeler...
— ... d'ici une dizaine de minutes, j'ai compris.

Mais comment était-il possible de perdre tout ce temps pour un imbécile qui se délectait certainement à le faire attendre ? Il roula en boule une feuille de papier, se la fourra dans la bouche. Puis il se mit une pince sur le nez et composa de nouveau le *numaro* de la Scientifique. Il parla avec un léger accent toscan.
— Ici le ministre plénipotentiaire et superviseur général Gianfilippo Maradona. Passez-moi de toute urgence le *dottor* Arquà.
— Tout de suite, Excellence.
Montalbano cracha la boule de papier, ôta la pincette. Une demi-minute plus tard, il entendit la voix d'Arquà.
— Bonjour, Excellence. Je vous écoute.
— Excuse-moi, mais pourquoi tu m'appelles Excellence ? Montalbano, je suis.
— Mais on m'a dit que...
— Continue à m'appeler Excellence, j'aime ça.

Arquà laissa passer quelques instants de silence. On sentait qu'il était tenté de clore la conversation. Puis il s'adécida.
— Qu'est-ce que tu veux ?
— Tu as quelque chose à me dire ?
— Oui.
— Dis-la-moi.
— Dis « s'il te plaît ».
— S'il te plaît.
— Demande.
— Où est-ce qu'elle a été tuée ?
— Là où elle a été trouvée.
— Précisément ?
— À côté de ce qui allait devenir la porte-fenêtre du salon.
— Tu en es sûr ?
— Très sûr.
— Pourquoi ?
— Là, il s'était formé carrément une mare de sang.
— Et ailleurs ?
— Rien.
— Rien que cette mare ?
— Des traces de traînées de la mare jusqu'à la malle.
— Vous avez trouvé l'arme ?
— Non.
— Des empreintes digitales ?
— Un milliard.
— Même sur le nylon qui enveloppait le corps ?
— Là, aucune.
— Trouvé autre chose ?
— Le rouleau de ruban adhésif. Celui qui a été utilisé pour les huisseries.
— Là aussi pas d'empreintes ?
— Rien.
— C'est tout ?
— Tout.
— Va te faire enculer.
— Pareillement.

Beau dialogue. Un resserrement, une sècheresse digne d'une tragédie de Vittorio Alfieri.

Mais une chose au moins en était sortie : que le meurtre avait eu lieu le dernier jour de besogne des maçons.

On tenait plus dans le bureau. On se sentait la coucourde réduite à une espèce de dense marmelade dedans laquelle les pinsées avaient du mal à circuler et certaines fois s'embourbaient.

Est-ce qu'un commissaire pouvait se mettre torse nu dans son bureau ? Y avait quelque règlement qui l'interdisait ? Non, il suffisait que personne n'entre à l'improviste.

Il se leva, alla fermer le volet de la fenêtre par laquelle entrait non de l'air mais de la chaleur, tira les rideaux, alluma les lumières, ôta sa chemise.

— Catarella !
— J'arrive.

Quand Catarella le vit, il dit seulement :
— Tant mieux pour vous si vous pouvez le faire !
— Écoute, fais attention, ne fais entrer personne sans m'avertir avant. Et une autre chose : téléphone à un magasin où on vend des ventilateurs et tu t'en fais envoyer un assez grand.

Étant donné que Fazio n'apparaissait pas, il composa un autre *numaro*.

— *Dottor* Pasquano ? Montalbano, je suis.
— Vous n'allez pas me croire, je sentais justement qu'il me manquait quelqu'un qui vienne me casser les burnes.
— Vous voyez que je l'ai senti et que j'ai volé à votre secours tout de suite ?
— Qu'est-ce que vous voulez, merde ?

L'habituelle gentillesse aristocratique et raffinée de Pasquano.

— Vous ne le savez pas ?
— Sur cette petite, je besognerai aujourd'hui après déjeuner. Téléphonez-moi demain matin.
— Et pas ce soir ?

— Ce soir, je suis au cercle, j'ai un poker sérieux et donc je veux pas qu'on vienne me faire ch...
— J'ai compris. Mais vous n'avez pas donné un coup d'œil superficiel au corps ?
— Très superficiel.

À sa manière de prononcer ces mots, le commissaire comprit que le docteur était arrivé à quelque résultat. Sauf qu'il fallait le traiter à sa manière.

— Au cercle, vous y allez vers 9 heures, pas vrai ?
— Oui, pourquoi ?
— Parce que vers les 10 heures, je me présente au cercle avec deux agents et je fais un tel bordel que je vous fous en l'air la partie.

Il l'entendit ricaner.

— Alors, qu'est-ce que vous me dites ?
— Je confirme qu'elle pouvait avoir au maximum seize ans.
— Et puis ?
— L'assassin lui a tranché la gorge.
— Avec quoi ?
— Avec un de ces couteaux qu'on trimballe en poche mais qui sont coupants comme des rasoirs, genre Opinel.
— Vous pouvez me dire s'il est gaucher ?
— Oui, si je regarde dans la boule de verre des voyantes.
— C'est si difficile à établir ?
— Assez. Et je ne veux pas dire de conneries.
— J'en dis tant moi-même ! Donnez-moi la satisfaction d'en entendre une de vous.
— Écoutez, bon, mais attention c'est une hypothèse, hein, pour moi l'assassin ne peut pas être gaucher.
— Sur quoi vous vous basez ?
— Je me suis fait une certaine idée de la position.
— Quelle position ?
— Ça ne vous est jamais arrivé de feuilleter le Kamasutra ?
— Expliquez-moi ça.
— Écoutez, pour commencer j'insiste que c'est une de mes suppositions. L'homme convainc la petite de le suivre dans l'appartement déjà presque entièrement enfoui sous

la terre. Une fois qu'elle est entrée, il n'a que deux pinsées, d'abord la baiser, ensuite quel peut être le meilleur moment pour la tuer.

— Vous pensez donc que ça a été un meurtre prémédité et non pas un raptus ou quelque chose de ce genre ?

— Je suis juste en train de vous exposer une idée à moi.

— Mais pourquoi est-ce qu'il voulait la tuer ?

— Peut-être qu'avant il y avait déjà eu des rapports entre eux et la petite lui avait demandé un paquet de fric pour se taire. Vous devez garder en tête qu'il s'agit d'une mineure et que l'homme, si ça se trouve, était marié. Ça vous paraît pas un bon mobile ?

— Effectivement.

— Je peux continuer ?

— Bien sûr.

— L'homme la fait déshabiller, lui aussi peut-être se met nu, puis il la fait pencher en avant les mains appuyées au mur et se la baise par-derrière. Au bon moment...

— L'autopsie pourra établir s'il y a eu un rapport sexuel ?

— Au bout de six ans ? Vous voulez galéjer ? Donc, je disais qu'au bon moment...

— C'est-à-dire ?

— Pendant que la petite jouit et qu'elle ne peut plus avoir de réactions rapides.

— Continuez.

— ... Il prend le couteau.

— Stop. Où est-ce qu'il le prend, s'il est nu ?

— Qu'est-ce que j'en sais, merde, où il le prend ! Faites attention que si vous continuez à m'interrompre, moi je change de fable et je vous raconte *Blanche-Neige et les sept nains*.

— Excusez-moi. Continuez.

— Il prend le couteau, vous vous débrouillerez, vous, pour savoir où, et il l'égorge et tout en la poussant en avant, il se rejette en arrière. Il attend qu'elle saigne à mort, puis étale à terre un plastique, il y en a un paquet là...

— Halte. Avant de prendre le plastique, il se met des gants de caoutchouc.

— Pourquoi ?

— Parce que sur cette feuille, il n'y a pas d'empreintes, c'est Arquà qui me l'a dit. Et pas non plus sur le ruban adhésif.

— Vous voyez bien que tout est prémédité ? Il emporte même des gants dans sa poche ! Je continue ?

— Oui.

— ... Il enveloppe le corps et le fourre dans la malle. La besogne finie, il se rhabille. Il n'a probablement pas une tache de sang sur la peau.

— Et les vêtements, les sous-vêtements, les chaussures de la fille ?

— Aujourd'hui, les petites s'habillent avec pas grand-chose. L'homme aura eu juste besoin d'un sac de plastique pour s'emporter le tout.

— Oui, mais pourquoi il se les est emportés et ne les a pas glissés dans la cantine ?

— Je ne sais pas. Ça peut être un geste irrationnel, les assassins n'agissent pas toujours suivant la logique, vous le savez mieux que moi. Ça vous suffit ?

— Oui et non.

— Ou bien, il peut s'agir d'un fétichiste, de temps en temps, il sort les vêtements de la petite, se les colle au nez pour en sentir l'odeur et s'offre une bonne branlette.

— Mais comment vous avez fait pour arriver à cette conclusion ?

— De la branlette, vous voulez dire ?

Il avait envie de galéjer, le *dottor* Pasquano.

— Je voulais parler de la reconstitution du moment du meurtre.

— Ah, ça ? En examinant de près où et comment est passée la pointe du couteau et en raisonnant sur la ligne de la coupure. Entre autres, la petite gardait la tête basse, avec le menton qui lui touchait la poitrine et ça m'a aidé à comprendre comment ça s'était passé, étant donné que l'assassin a aussi tailladé la joue droite pendant qu'il sortait le couteau de la gorge.

— Il y a des signes particuliers ?
— Pour l'identification ? Elle a été opérée de l'appendice et avait une malformation congénitale rare au pied droit.
— C'est-à-dire ?
— *Allus varus.*
— En termes courants ?
— Tordu. Dévié vers l'intérieur.

Tout à coup, il se rappela ce qu'il avait oublié de faire tout de suite. Bien sûr, il l'avait oublié non pas à cause de la vieillesse, mais de la chaleur qui faisait l'effet de trois cachets de somnifère.
— Catarella ? Viens dans mon bureau.
Il se matérialisa un quart de seconde plus tard.
— À vos ordres, *dottori.*
— Il faut que tu fasses une recherche à l'ordinateur.
— Ici, je suis.
— Tu dois voir si on a déposé une plainte pour la disparition d'une petite de seize ans. Si ça a été fait, ça devrait remonter au 13 ou au 14 octobre 1999.
— J'exécutasse subitement.
— Et quelles nouvelles du ventilateur ?
— *Dottore,* à quatre magazines j'ai téléphoné. Les vintilateurs sont tous complètement épuisés. Y en a un qui m'a dit qu'il avait juste des pals qu'on s'enfonce.
— Des pals qu'on s'enfonce ?
— Des pals qu'on s'enfonce au plafond, qu'après ça tourne. Maintenant, j'essaie avec un autre magazine.

Il attendit une demi-heure, puis, vu et considéré que Fazio n'arrivait toujours pas, il s'en alla manger. Il lui suffit de monter en voiture et de se faire un peu de route pour qu'en arrivant à la trattoria, il ait la chemise trempée de sueur.
— *Dottore,* dit Enzo, y fait trop chaud pour manger des choses chaudes.
— Et qu'est-ce que tu as ?

— Ça vous va un bon plat de hors-d'œuvres de la mer avec crevettes, gambas, petits poulpes, anchois, sardines, moules et praires ?

— Ça me va. Et ensuite ?

— Rougets qu'avec une oignonade, elles sont 'ne merveille. Et à la fin, pour se faire la bouche, ma femme a priparé un sorbet au citron.

Soit à cause de la chaleur, soit à cause de l'estomac qui lui pesait, il arenonça à son habituelle promenade sur la jetée et s'en alla à Marinella.

Il ouvrit toutes les fenêtres et toutes les portes dans la vaine espérance de provoquer un minimum de courants d'air et s'étendit nu sur le drap pour une heure de sommeil. Ensuite, quand il se réveilla, il passa un maillot et alla se faire un bain au risque de choper une congestion.

Il se rafraîchit bien comme il fallait et, à peine rentré à la maison, il lui vint l'envie d'entendre la voix de Livia.

Que faire ? Il adécida de s'asseoir sur son orgueil et l'appela.

— Ah, c'est toi ? dit Livia qui ne parut ni surprise ni contente.

Et même, disons tout : elle était plutôt antarctique.

— Comment s'est passé le voyage de retour ?

— Horrible. Une grosse chaleur, l'air conditionné de la voiture est tombé en panne. Et puis, quand on s'est arrêtés à un restoroute après Grossetto, Bruno a disparu.

— C'est une vocation, chez cet enfant.

— Je t'en prie, ne te mets pas à faire de l'esprit.

— C'était juste une constatation. Où est-ce qu'il était passé ?

— Nous avons perdu deux heures à le chercher. Il était allé se cacher dans la cabine d'un poids lourd.

— Et le chauffeur ?

— Il ne s'était aperçu de rien, il dormait. Bon, je dois y aller.

— Où tu vas ?

— Il y a mon cousin Massimiliano qui m'attend en bas. Tu m'as trouvée par hasard, je passais prendre quelques affaires.

— Où étais-tu ?
— Avec Guido et Laura, dans leur villa.
— Et maintenant, tu pars ?
— Oui, avec Massimiliano. On fait une petite croisière sur son bateau.
— Combien vous êtes ?
— Lui et moi. Salut.
— Salut.

Mais où est-ce qu'il le trouvait, l'argent, pour entretenir un bateau de croisière, le cher cousin Massimiliano, vu qu'il ne besognait pas et qu'il passait toute la sainte journée à compter les mouches ? Il aurait mieux fait de ne pas téléphoner.

Il allait sortir quand le téléphone sonna.
— Allô ?
— Surtout, t'es un homme qui ne respecte pas la parole donnée !

C'était Livia, avec manifestement l'envie de lui chercher noise.
— Moi ?!
— Oui, toi !
— Je peux savoir quand je ne l'ai pas respectée ?
— Tu m'avais juré que l'été, à Vigàta, on ne commet pas de meurtres.
— Mais comment tu fais pour soutenir un truc pareil ? Juré ! J'ai dû te dire, au maximum, qu'avec la chaleur estivale, ceux qui ont en tête de faire un meurtre préfèrent renvoyer à l'automne.
— Alors comment ça se fait que Guido et Laura se sont retrouvés à partager leur lit avec la victime d'un homicide en plein mois d'août ?
— Livia, qu'est-ce que tu exagères ! Partager leur lit !
— Ben, presque.
— Écoute-moi bien. Ce meurtre remonte au mois d'octobre d'il y a six ans. Octobre, tu as compris ? Ce qui signifie, entre autres, que ma théorie n'était pas en l'air.
— Ce qui compte, pour moi, c'est que par ta faute...
— Ma faute ?! Si ce cher marmot ne cédait pas à la tentation de rivaliser avec Houdini...

— C'était qui ?
— Un célèbre magicien. Si Bruno n'était pas allé se fourrer sous terre, personne ne se serait aperçu qu'à l'étage au-dessous, il y avait un cadavre, et tes amis auraient pu continuer à dormir d'un sommeil tranquille.
— Tu es d'un cynisme rebutant.
Et elle raccrocha.

Il rentra au commissariat qu'il était presque 6 heures.
Il voulait y aller avant mais quand il franchit le seuil de la maison, il fut assailli par une telle bouffée de chaleur qu'il s'en retourna nouvellement chez lui. Il se déshabilla, remplit la baignoire d'eau fraîche et y resta une heure.

— Ah, *dottori* ! *dottori* ! J'atrouvai ! L'itentification, je fis !
Catarella, les bras décollés du corps, les doigts tendus et écartés, faisait la roue comme un paon.
— Viens dans mon bureau.
Catarella le suivit avec une feuille à la main et un air tellement glorieux qu'on eût cru entendre, dans le fond, la marche triomphale de l'*Aïda*.

HUIT

Montalbano considéra la fiche que Catarella lui avait imprimée.

MORREALE Caterina dite Rina
Fille de Giuseppe et de Dibetta Francesca
Née à Vigàta le 3/7/1983
Habitant à Vigàta, 42, via Roma
Disparue le 12 octobre 1999
Signalement présenté par le père en date du 13 octobre 1999
Taille : 1,75
Cheveux : blonds
Yeux : bleus
Corpulence : mince
Signes particuliers : petite cicatrice d'une appendicectomie et allus varus *du pied droit.*
Note : Communication envoyée par le commissariat de Sécurité publique de Fiacca.

Il éloigna la fiche, se prit la tête dans les mains.
Égorgée pire qu'un mouton, un animal quelconque.
Maintenant qu'il avait vu comment elle était faite, il eut la certitude, va savoir pourquoi, que le Dr Pasquano avait à la fois tort et raison.

Il avait raison quand il lui avait raconté comment elle avait été tuée, mais il avait tort sur le pourquoi. Pasquano avait lancé l'hypothèse d'un chantage, mais Rina Morreale, avec l'œil clair et l'air serein qu'elle avait, n'aurait jamais été capable de faire un chantage.

Même si elle était consentante à faire l'amour avec l'homme qui allait la tuer, se pouvait-il qu'elle l'ait suivi dans l'appartement abusif où on n'entrait que par un passage étroit et même dangereux ? Là-dedans, il devait surtout régner une nuit profonde. L'assassin s'était emmené aussi une torche ?

Mais il n'y avait pas de meilleur endroit ? Ils ne pouvaient pas le faire dedans une voiture ? Pizzo était un endroit solitaire, ça n'aurait présenté aucun problème.

Non, Rina Morreale avait certainement été contrainte par l'assassin à entrer dedans ce qui allait adevenir sa tombe.

Catarella s'était mis à côté de lui pour mater la photo de la petitoune. Peut-être qu'il n'y avait pas fait spécialement attention jusque-là.

— Qu'est-ce qu'elle était *beddra*, belle ! murmura-t-il, ému.

La photo correspondait aux données et montrait une petite d'une beauté rare, elle avait un cou qui semblait peint par Botticelli.

Donc, il n'était pas besoin de faire d'autres recherches, il fallait seulement avertir la famille pour que quelqu'un aille à Montelusa pour la reconnaissance.

Montalbano sentit son cœur se serrer.

— Qu'est-ce qu'elle était *beddra* ! répéta à voix basse Catarella.

Le commissaire leva les yeux et le surprit, tourné de trois quarts, qui s'essuyait les paupières avec la manche de sa veste.

Mieux valait changer tout de suite de sujet.

— Fazio est revenu ?

— Oh que oui.

— Tu vas me le chercher ?

Fazio aussi, quand il entra, avait une feuille en main.

— Catarella m'a dit que la minote a été identifiée. Je peux la voir ?

Montalbano lui tendit la fiche, Fazio la mata, la lui restitua.
— Pauvrounette.
— Quand on le chope, passqu'on va le choper, j'en suis sûr, moi je lui casse la gueule, dit à voix très basse le commissaire.

Il lui vint une pinsée.
— Comment se fait-il que les parents de la petite en ont signalé la disparition au commissariat de Fiacca ?
— Je ne comprends pas, *dottore*. Peut-être parce que durant cette période, il y avait eu l'histoire de l'interaction entre les différents commissariats sans limites territoriales. Vous vous rappelez le bordel ?
— Tu parles. Comme on devait s'occuper de tout, on s'occupait de rin. En tout cas, pensons à le demander à la famille.
— À propos, qui les avertit ? demanda Fazio.
— Toi. Mais avant, informe Tommaseo. Même, fais-le tout de suite d'ici, comme ça, on s'en débarrasse.

Fazio parla avec le proc', lequel voulut qu'on lui envoie la fiche par mail. Parce qu'avant de faire avertir la famille, il voulait parler avec le Dr Pasquano et être sûr de l'identification.
— Catarella !
— Ici, je suis, *dottori*.
— Viens te prendre la fiche de la petite et transmets-la tout de suite au *dottor* Tommaseo.

Après que Catarella fut venu la prendre, Montalbano attaqua.
— Comment se fait-il que tu aies mis une matinée entière à trouver ces noms ?
— C'est pas moi qui devais les trouver, *dottore*, mais le géomètre Spitaleri.
— Mais ils n'ont pas un ordinateur, un fichier quelconque ?
— Ils l'ont mais au bureau ils ne gardent que les données des cinq dernières années et comme cette villa a été fabriquée il y a six ans...
— Et les autres, où ils les gardent ?

— Chez la sœur du géomètre mais elle était allée à Montelusa et on a dû attendre qu'elle rentre.

— Je ne comprends pas pourquoi il garde ces documents chez sa sœur.

— Moi, oui.

— Explique-le-moi.

— Pour la Financière, *dottore*. En cas de visite imprévue de la Garde des Finances[1]. Comme ça, le géomètre a le temps d'avertir sa sœur. Laquelle a été dûment instruite auparavant et sait quels documents elle doit porter au bureau de son frère et ceux qu'elle ne doit pas porter. Je me suis fait comprendre ?

— À la perfection.

— Donc, les maçons qui ont travaillé... commença Fazio.

— Attends. Nous n'avons pas eu l'occasion de parler de Spitaleri.

— Pour ce qui concerne le meurtre de la petite...

— Non. Pour l'instant, je veux parler du géomètre Spitaleri, le promoteur immobilier. Pas du Spitaleri qui aime les mineures, de celui-là, on en parlera après. Quelle impression il t'a faite ?

— *Dottore*, çui-là, il a pas la conscience tranquille. Quand on lui a inventé l'histoire que l'autopsie n'avait pas trouvé d'alcool dans le sang de l'Arabe, mais seulement sur ses vêtements, lui il a pas bronché, il a dit ni oui ni merde. Alors qu'il aurait dû s'étonner ou dire que c'était pas possible.

— Donc à ce pauvre type, l'Arabe, ils l'ont trempé de vin après sa mort pour faire croire qu'il était saoul.

— Vosseigneurie, comment vous pensez que ça s'est passé ?

— Pendant que t'étais parti avec Spitaleri, j'ai fait venir ici le contremaître Dipasquale et je l'ai interrogé. D'après moi, l'Arabe tombe de l'échafaudage sans protection et aucun de ses camarades ne s'en aperçoit. Peut-être qu'il

---

1. Corps de police spécialisé dans la délinquance financière et douanière mais qui remplit, à l'occasion, des tâches de maintien de l'ordre.

était en train de besogner seul dans un recoin du bâtiment. Le gardien du chantier, il s'appelle Filiberto Attanasio, s'en aperçoit après que tout le monde est parti et il téléphone à Dipasquale, lequel à son tour informe à Spitaleri. Qu'est-ce que tu as ? Tu m'écoutes ou pas ?

Fazio était pensif.

— Comment vous m'avez dit qu'il s'appelle, le gardien ?

— Filiberto Attanasio.

— Vous m'excusez un moment ?

Il se leva, sortit, revint cinq minutes plus tard, une fiche en main.

— Je me l'arappelais bien.

Il tendit la fiche à Montalbano. Filiberto Attanasio avait été condamné plusieurs fois pour vol, violence aggravée, tentative d'homicide et vol à main armée. La photo montrait un quinquagénaire au nez disproportionné et sans un poil sur le caillou. Il était classé comme délinquant habituel.

— Bon à savoir, fut le commentaire du commissaire.

Et il continua :

— Avertis par le gardien, Spitaleri et Dipasquale accourent, voient la situation et décident de protéger leur cul en montant la barrière de sécurité, qui manquait, dès l'aube du dimanche. Ils trempent de vin le *catafero* et s'en vont dormir. Le lendemain matin, avec l'aide du gardien, ils se mettent en règle.

— Et le commissaire Lozupone pite.

— Tu le crois ? Tu le connais, à Lozupone ?

— Moi le connais depuis longtemps. Je ne...

Le téléphone sonna.

— *Dottori* ? Il y aurait au tiliphone le proc' Tommaseo qui vous veut parler pirsonnellement en pirsonne.

— Passe-le-moi.

— Montalbano, c'est Tommaseo

— Tommaseo ? C'est Montalbano.

Le proc' fut désorienté...

— Je voulais vous dire... Ah oui... j'ai vu la photo de la fiche. Quelle beauté, cette fille !

— Eh oui.

— Violée et égorgée !

— C'est le Dr Pasquano qui vous a dit qu'elle a été violée ?
— Non, il m'a dit qu'elle a été égorgée. Mais qu'elle ait été violée, je le sens intuitivement. Et même, j'en suis certain.

Ça, il y aurait eu de quoi s'étonner si la coucourde du proc' n'avait pas besogné à plein régime pour se représenter, dans les moindres détails, la scène du viol !

Et là, Montalbano eut un coup de génie qui pourrait peut-être leur épargner, à lui ou à Fazio, la lourde tâche de donner aux familiers de la petite la tragique nouvelle.

— Vous savez quoi, *dottor* Tommaseo ? Il paraît que la fille assassinée a une sœur jumelle, en tout cas c'est ce qu'on m'a dit, qui est encore beaucoup plus belle que la victime.

— Plus belle, carrément ?
— Il paraît que oui.
— Donc, aujourd'hui, cette jumelle aurait vingt-deux ans.
— C'est le compte juste.

Fazio le contemplait ahuri. Mais qu'est-ce qu'il s'était encore inventé, comme menterie, le commissaire ?

Il y eut une pause. Certainement, le proc', avec l'œil qui lui sortait des orbites à mater la photographie de la fiche, était en train de se lécher les moustaches à l'idée qu'il pouvait arencontrer la jumelle. Puis il parla.

— Vous savez quoi, Montalbano ? Que peut-être il vaudrait mieux que ce soit moi en personne qui communique aux familiers... étant donné le jeune âge de la victime... la particulière férocité...

— Vous avez parfaitement raison, *dottore*. Vous êtes un homme de grande compréhension humaine ! Donc, vous vous en occupez vous, d'avertir la famille ?

— Oui, ça me paraît mieux.

Ils se saluèrent, raccrochèrent. Fazio, qui avait compris le jeu du commissaire, éclata de rire.

— Mais ce type, dès qu'il entend parler de femme...
— Laisse tomber. Il va se précipiter chez les Morreale en espérant rencontrer une jumelle qui n'existe pas. Qu'est-ce que j'étais en train de te dire ?

— Vous étiez en train de me parler de Lozupone.

— Ah, oui. Lozupone est un type expert, intelligent et qui sait se débrouiller.
— Qu'est-ce que ça veut dire ?
— Ça veut dire que très probablement, Lozupone aura pinsé la même chose que nous, à savoir que la barrière de protection a été mise après l'accident, mais qu'il a laissé tomber.
— Et pourquoi ?
— Peut-être qu'on lui a conseillé de s'en tenir à ce que disaient Dipasquale et Spitaleri. Mais il nous sera difficile de savoir qui le lui a conseillé, à la questure ou au palais de la soi-disant justice.
— Bon, ben, quand même, une idée, on peut peut-être l'avoir.
— Et comment ?
— *Dottore*, vosseigneurie m'a dit qu'elle connaît bien à Lozupone. Mais vous le savez avec qui il est marié ?
— Non.
— Avec la fille du *dottor* Lactes.
— Ah.
Pas mal, comme nouvelle.
Le *dottor* Lactes, chef de cabinet du questeur, surnommé « lacté et miélé » pour son onctuosité, homme d'Église et de prière, homme qui ne disait pas un mot sans l'avoir préalablement couvert de vaseline et qui remerciait sans arrêt, à propos et hors de propos, la Madone !
— Tu sais vers qui penche politiquement le beau-frère de Spitaleri ?
— Le maire ? Le maire Alessandro est du même parti que le président de la région, qui entre parenthèses est du même parti que le *dottor* Lactes, et il est grand électeur du député Catapano, ce qui est tout dire.

Gerardo Catapano était un homme qui s'était montré capable de se ménager aussi bien les Cuffaro que les Sinagra, les deux familles mafieuses de Vigàta.

Montalbano se sentit un instant découragé. Était-il possible que les choses ne changent jamais ? *Zarazaraba, mutatis mutandis*, on se retrouvait toujours au milieu de parentèles dangereuses, collusions entre Mafia et politique, entre

Mafia et entrepreneurs, entre politique et banques, entre banques et recyclage et usure...

Quel ballet obscène ! Quelle forêt pétrifiée de corruptions, intrigues, affaires louches, indignité, affairisme ! Il s'imagina un dialogue possible :

— Fais attention à comment tu bouges passque X, qui est un homme du député Y, et est le gendre de K, qui est un homme du mafieux Z, est en très bon rapport avec le député H.

— Mais le député H n'est pas de l'opposition ?

— Oui, mais c'est la même chose.

Comment il disait, le père Dante ?

Ahi, serva Italia, di dolore ostello,
nave senza nocchiere in gran tempesta
non donna di provincie ma bordello !

Hélas, Italie servante, auberge de douleur,
Navire sans pilote en grande tempête
Non pas femme de province mais de bordel !

L'Italie continuait à être servante d'au minimum deux maîtres, l'Amérique et l'Église, et la tempête était devenue journalière à cause d'un pilote *ch'era megliu perdirlu ca truvarlu*, qu'il valait mieux le perdre que le trouver. Certes, les provinces dont l'Italie était femme s'élevaient maintenant plus ou moins à une centaine, mais en compensation, le bordel avait crû de manière exponentielle.

— Donc, les six maçons... reprit Fazio.

— Attends. Ce soir, t'as à faire ?

— Oh que non.

— Tu viendrais avec moi à Montelusa ?

— À faire quoi ?

— À faire une petite discussion avec Filiberto, le gardien. Je sais où se trouve le chantier, Dipasquale me l'a expliqué.

— Vosseigneurie, à ce Spitaleri, il me paraît que de toute façon, vous voulez lui faire du mal.

— T'as mis dans le mille.

— Bien sûr que je viens.
— Alors, tu veux me dire pour ces maçons, oui ou non ?

Fazio lui lança un regard mauvais.

— *Dottore*, ça fait une heure que j'essaie.

Il déplia la feuille.

— Les noms des maçons sont les suivants : Dalli Cardillo Antonio, Smecca Ermete, Butera Ignazio, Passalacqua Antonio, Fiorillo Stefano, Miccichè Gaspare. Dalli Cardillo et Miccichè sont les deux qui ont besogné jusqu'au dernier jour, ceux qui ont recouvert l'étage abusif.

— Si je te pose une question, tu me réponds en me disant la vérité ?

— Je vais essayer.

— Tu es allé te procurer l'état civil complet de ces maçons ?

Fazio rougit légèrement. Sa « manie de l'état civil », comme l'appelait le commissaire, il ne savait pas y résister.

— Oh que oui, *dottori*. Mais vous les ai pas lus.

— Tu ne me les lus pas passqu'il t'a manqué le courage. Tu t'es renseigné sur où ils besognent ?

— Bien sûr. Ils besognent actuellement sur quatre chantiers du géomètre.

— Quatre ?

— Oh que oui. Et d'ici cinq jours, il doit en rouvrir un autre. Avec tous les appuis qu'il a, aussi bien politiques que mafieux, vous vous imaginez s'il manque de besogne ! En conclusion, Spitaleri m'a dit qu'il préfère avoir toujours les mêmes maçons.

— À l'exception de quelque Arabe de passage qu'on peut toujours jeter à la poubelle sans trop de problèmes. Dalli Cardillo et Miccichè besognent au chantier de Montelusa ?

— Oh que non.

— C'est mieux comme ça. Toi, à ces deux-là, tu les convoques pour demain matin, un à 10 heures et l'autre à midi, vu que cette nuit on va peut-être finir tard. N'accepte pas d'excuses. S'il le faut, menace-les.

— Je m'en occupe tout de suite.

— Bien. Moi, je m'en vais chez moi. On se voit ici à minuit et après on part pour Montelusa.
— D'accord. Je me mets en uniforme ?
— Hors de question. Ce type, s'il nous prend pour des délinquants, c'est encore mieux.

À Marinella, assis sur la véranda, il lui sembla sentir un peu de frais mais c'était plutôt une hypothèse de fraîcheur, étant donné que ni l'air ni la mer ne bougeaient.
Adelina lui avait préparé la pitance. Oignons et pommes de terre longuement bouillis, puis placés dans une assiette et pressés à la fourchette jusqu'à se mélanger intimement. Condiments : huile, un soupçon de vinaigre, sel et poivre noir moulu à l'instant. Il ne mangea rien d'autre, il voulait rester léger.
Puis il resta à lire jusqu'à 11 heures du soir un beau roman policier de deux auteurs suédois qui étaient mari et femme et où il n'y avait pas une page sans une attaque féroce contre la social-démocratie et le gouvernement.
Montalbano le dédia mentalement à tous ceux qui dédaignaient de lire des polars parce que, selon eux, il ne s'agissait que d'un passe-temps du genre énigme.
À 11 heures, il alluma la télévision. Quand on parle du loup : Televigàta montrait le député Gerardo Capano qui inaugurait le nouveau chenil municipal de Montelusa.
Il éteignit, se rafraîchit bien et sortit de chez lui.

Il arriva au commissariat à minuit moins le quart. Fazio était déjà là. Tous deux portaient une veste légère par-dessus la chemise à manches courtes. Ils se sourirent parce qu'ils avaient eu la même idée. Quelqu'un qui porte une veste par cette grande chaleur ne peut qu'éveiller l'inquiétude, parce qu'à quatre-vingt-dix pour cent, la veste lui sert à dissimuler le revolver qu'il porte à la ceinture ou dans la poche.
Et de fait, tous deux étaient armés.
— On y va avec la vôtre ou avec la mienne ?
— Avec la tienne.

Ils mirent une petite demi-heure pour arriver au chantier qui se trouvait dedans Montelusa, du côté de la vieille gare.

Ils se garèrent et descendirent. Le chantier était entouré par une palissade de bois haute de près de deux mètres avec un grand portail fermé.

— Là, vous vous rappelez ce qu'il y avait ?
— Non.
— Le pavillon Linares.

Montalbano se le rappela. Un petit joyau de la deuxième moitié du XIXe siècle dont les Linares, riches commerçants de soufre, avaient fait tracer les plans par le célèbre architecte Basile, celui du théâtre Massimo de Palerme. Puis les Linares avaient connu la ruine et le pavillon aussi. Au lieu de le restaurer, on avait décidé de l'abattre et de construire, à sa place, un immeuble de huit étages. Ah, la sévérité des Monuments historiques !

Ils s'approchèrent du portail de bois, matèrent entre les planches mais ne virent pas de lumière.

Fazio le secoua doucement par trois fois.

— Il est fermé de l'intérieur par une barre.
— T'y arrives à monter et ouvrir ?
— Oh que oui. Mais pas d'ici, il peut passer une voiture. Je rentre par-derrière, je vais grimper par-dessus la palissade. Vosseigneurie m'attend ici.
— Attention, qu'il pourrait y avoir un chien.
— Je ne crois pas, il aurait aboyé.

Il eut le temps de se fumer une cigarette avant que le portail s'ouvre assez pour lui permettre de passer.

NEUF

Dedans, c'était une obscurité profonde. Mais à main droite, on entrevoyait une baraque.
— Je vais prendre la torche, dit Fazio.
Quand il revint, il ferma nouvellement le portail avec la barre et alluma la torche. Ils s'approchèrent avec précaution de la porte de la baraque et s'aperçurent qu'elle était à demi ouverte. À l'évidence, Filiberto, à cause de la chaleur, ne tenait pas avec la porte fermée. On l'entendait ronfler comme un sonneur.
— Il ne faut pas lui laisser le temps de réfléchir, murmura Montalbano à l'oreille de Fazio. N'allumons pas les lumières, on se le travaille à la lumière des lampes. Il faut lui flanquer la frousse de sa vie.
— Pas de problème, dit Fazio.
Ils entrèrent d'un pied léger. Dedans la baraque, ça puait la sueur et une odeur de vin qu'on se soûlait rien qu'à la respirer. Filiberto, en caleçon, était étalé sur un lit de camp. C'était bien l'homme de la photo signalétique.
Fazio effectua un mouvement circulaire avec la torche. Les vêtements du gardien étaient accrochés à un clou. Il y avait une table, deux chaises, une bassine émaillée sur un tripode de fer et un bidon. Montalbano le prit, le renifla : de l'eau. Il remplit sans bruit la bassine, la tint à deux

mains, s'approcha de la couchette et renversa violemment l'eau sur le visage de Filiberto. Lequel ouvrit les yeux, les referma tout de suite, ébloui par la torche de Fazio et les rouvrit en se mettant une main en visière.
— Comment... co... co... co...
— Cocorico, dit Montalbano. Ne bouge pas.
Et il fit entrer son pistolet dans le rayon de lumière. Filiberto, instinctivement, leva les mains en l'air.
— Tu as un portable ?
— Oui.
— Où il est ?
— Dedans ma veste.
Elle pendait au clou. Le commissaire prit le portable, le fit tomber à terre et l'écrasa sous ses pieds. Filiberto trouva le courage de demander :
— *Cu siti* ? Qui êtes-vous ?
— Des amis, Filibè. Lève-toi.
Filiberto se leva.
— Tourne-toi.
Filiberto, dont les mains tremblaient légèrement, leur tourna le dos.
— Mais qu'est-ce que vous voulez ? Spitaleri a toujours payé *'u pizzu*, l'impôt !
— Tais-toi ! ordonna Montalbano. Fais le signe de croix.
Et il fit monter la balle dans le canon.
À ce bruit sec et métallique, Filiberto s'effondra à genoux, jambes flageolantes.
— Par pitié ! Rin, je fis ! Pourquoi vous voulez me tuer ? demanda-t-il en pleurant.
Fazio lui donna un coup de poing dans le dos, qui le fit tomber en avant. Montalbano appuya la bouche du pistolet contre sa nuque.
— Écoute-moi, commença-t-il.
Mais il s'interrompit aussitôt.
— Ou il est mort, ou il s'est évanoui.
Il se baissa pour lui toucher la veine du cou.
— Il est évanoui. Mets-le sur une chaise.

Fazio passa la torche au commissaire, prit le gardien sous les aisselles et l'assit. Mais il dut le tenir parce qu'il glissait sur le côté. Ils s'aperçurent qu'il avait le caleçon trempé, Filiberto s'était pissé dessus de frousse. Montalbano s'approcha et lui balança une puissante mornifle qui lui fit ouvrir les yeux. Le gardien battit des paupières, éperdu puis recommença tout de suite à pleurer.

— Me tuez pas, par pitié !
— Si tu réponds à mes questions, tu te sauves la vie, dit Montalbano en lui pointant le pistolet dans le visage.
— Je réponds, je réponds.
— Quand l'Arabe est tombé, il y avait une barrière ?
— *Quali Arabu ?* Quel Arabe ?

Montalbano lui braqua l'arme au milieu du front.
— Quand l'Arabe est tombé...
— Oh oui, non, oh que non, il n'y en avait pas.
— Vous l'avez mise le dimanche matin ?
— Oh que oui.
— Toi, Spitaleri et Dipasquale ?
— Oh que oui.
— Qui a eu la pinsée de jeter du vin sur le mort ?
— Spitaleri.
— Maintenant, fais attention à pas déconner quand tu aréponds. Le matériel de protection était déjà dans le chantier ?

La demande de Montalbano était fondamentale. De la réponse que lui donnerait Filiberto tout adépendait.

— Oh que non. Spitaleri l'a commandé et on l'a porté dimanche matin à 7 heures de l'aube.

C'était la meilleure réponse que le commissaire pouvait avoir.

— À quelle entreprise il s'est adressé ?
— À la Ribaudo.
— Tu as signé le reçu ?
— Oh que oui.

Montalbano se félicita lui-même. Non seulement il avait mis en plein dans le mille mais il avait en plus appris ce qu'il voulait.

Maintenant, il fallait faire un peu de thiâtre dans le thiâtre, à destination du géomètre Spitaleri.

— Pourquoi vous vous êtes pas adressés à l'entreprise Milluso ?

— Et qu'est-ce j'en sais, moi ?

— Et dire qu'on lui a dit et redit, à Spitaleri. Adresse-toi à la société Milluso ! Adresse-toi à la société Milluso ! Mais lui, non. Il veut faire le malin avec nous. Il veut pas le comprendre. Et maintenant, nous, on va te tuer, comme ça, il va comprendre enfin.

Avec la force du désespoir, Filiberto bondit sur ses pieds. Mais il n'eut pas le temps d'en faire davantage. De derrière lui, Fazio lui donna une manchette sur la gargamelle.

Le gardien s'effondra et ne bougea plus.

Ils sortirent en courant, ouvrirent le portail, se glissèrent dans la voiture et tandis que Fazio démarrait, Montalbano dit :

— Tu vois qu'avec un peu de gentillesse, on obtient tout ce qu'on veut ?

Puis il ne parla plus.

Tandis qu'ils se dirigeaient vers Vigàta, Fazio commenta :

— On aurait vraiment dit un film 'méricain !

Et comme le commissaire restait muet, il lui demanda :

— Vous êtes en train de faire le compte de tous les délits qu'on a commis ?

— Ça, mieux vaut pas y penser.

— Vous n'êtes pas content de la réponse que vous a donnée Filiberto ?

— Si, bien sûr.

— Et alors, qu'est-ce que vous avez ?

— Je n'aime pas ce que j'ai fait.

— Je suis sûr que ce type nous a pas reconnus.

— Fazio, je n'ai pas dit que nous avions eu tort, j'ai dit que j'ai pas aimé ça.

— Comment on a traité Filiberto ?

— Oui.

— Mais, *dottore*, c'est un délinquant, ce type !

— Et nous pas.
— Si on faisait pas comme ça, il parlait pas.
— Ce n'est pas une bonne raison.
Fazio eut un mouvement de révolte.
— Qu'est-ce que vous voulez, on retourne en arrière et on lui présente des excuses ?
Montalbano n'arépondit pas. Au bout d'un moment, Fazio dit :
— Excusez-moi.
— De rien !
— Vosseigneurie croit que Spitaleri pitera à l'histoire qu'on a été envoyés pour soutenir la société Milluso ?
— Il va mettre deux ou trois jours avant de comprendre que la Milluso n'a rien à voir là-dedans. Mais ces deux ou trois jours d'avance, *a mia*, à moi, ça me suffit.
— Il y a un truc qui ne colle pas, pour moi, avança Fazio.
— Dis-le.
— Pourquoi Spitaleri, pour le matériel de protection, s'est adressé à la société Ribaudo et ne se l'est pas fait envoyer d'un de ses autres chantiers ?
— Il aurait dû impliquer d'autres personnes des autres chantiers. Spitaleri aura pensé que moins il y avait de monde au courant et mieux c'était. Ça se voit que la société Ribaudo est fiable.

Durant la nuit, contrairement à ce qu'il avait craint, la conscience de Montalbano préféra s'areposer. Donc, le commissaire s'aréveilla de ses cinq heures de sommeil comme s'il en avait fait dix. La journée sans nuage le mit de bonne humeur. Mais, de bon matin déjà, l'air était chaud.
Dès qu'il fut au bureau, il appela le brigadier de la Garde des Finances Alberto Lagàna qui l'avait tant de fois aidé.
— Commissaire ! Quelle bonne surprise ! Qu'est-ce que vous me racontez de beau ?
— Du pas beau, malheureusement.
— Racontez-moi quand même.

— Vous connaissez la société Ribaudo de Vigàta, qui fournit du matériel de chantier ?

Lagàna laissa échapper un petit rire.

— Tu parles si on la connaît ! Matériel fourni sans facturation, fraude à la T.V.A, altération des registres comptables... Et d'ici quelques jours, nous avons l'intention de rafraîchir nos connaissances à son sujet.

Joli coup de bol.

— Quand, précisément ?

— D'ici trois jours.

— Vous ne pourriez pas anticiper à demain ?

— Mais demain, c'est le 15 août ! Qu'est-ce qui vous intéresse ?

Montalbano le lui expliqua. Et lui dit aussi ce qu'il voulait.

— J'espère y arriver après-demain, conclut Lagàna.

— *Dottori ?* Il y aurait un type qui s'appellerait Fardillo qui dit que vosseigneurie le convoqua pour ce matin à 10 heures.

— Tu l'as, toi, la fiche de la petite assassinée ?

— Oh que oui.

— Amène-la-moi. Puis dis à Fazio de venir dans mon bureau et en dernier, fais entrer ce monsieur.

Naturellement, Catarella fit entrer en premier Dalli Cardillo, puis alla prendre la fiche, que Montalbano posa retournée sur le bureau et enfin alla chercher Fasio.

Dalli Cardillo était un quinquagénaire trapu, aux cheveux sans brin de blanc coupés court, la peau sombre et des moustaches comme on les portait en Turquie au XIXe siècle. Il était nerveux et ça se voyait.

Mais qui n'est pas nerveux quand il est convoqué sans explications au commissariat ? Un moment. Sans explications ? Se pouvait-il que Spitaleri ne lui eût pas dit comme il devait se comporter ?

— M. Dalli Cardillo, le géomètre Spitaleri vous a informé de votre convocation ?

— Oh que non.

Montalbano eut l'impression qu'il était sincère.

— Vous vous souvenez qu'il y a six ans, vous avez travaillé dans un chantier de Spitaleri pour la construction d'une petite villa à la campagne Pizzo, à Marina di Montereale ?

Le maçon, à cette question, il parut tellement soulagé qu'il se permit un petit sourire.

— Vous avez découvert l'appartement abusif ?
— Oui.
— Moi, je fis ce que le géomètre me dit de faire.
— Je ne suis pas en train de vous accuser de quoi que ce soit. De vous, je ne veux que des informations.
— Si c'est pour ça, à votre disposition.
— C'est vous, avec votre collègue Gaspare Miccichè, qui avez recouvert de sable l'appartement ?
— Oh que oui.
— Vous avez toujours travaillé ensemble ?
— Oh que non. Moi, ce jour-là, j'ai fini à midi et demi et Miccichè a continué tout seul.
— Pourquoi est-ce que vous avez fini avant ?
— C'est comme ça qu'avait commandé Spitaleri.
— Mais Spitaleri n'était pas déjà parti ?
— Oh que oui, mais il nous l'avait dit la veille avant de partir.
— Vous m'expliquez comment vous faisiez pour entrer et sortir de l'étage d'en dessous ?
— Nous avions fait un genre de tunnel en planches de bois, une espèce de passerelle couverte et inclinée comme celle des bateaux. Elle était déjà à moitié couverte de sable. Elle aboutissait à une fenêtre de la petite salle de bains.

La fenêtre par laquelle était tombé Bruno.

— Quelle hauteur elle avait, cette galerie ?
— Basse, elle était. Genre quatre-vingts centimètres. Il fallait se baisser.
— Dites-moi, par curiosité. À quoi bon cette galerie ?
— Le géomètre Spitaleri nous a dit de le faire. Il voulait que le contremaître contrôle que la pression du sable ne provoque pas de dégâts à l'intérieur, genre infiltrations d'humidité et autre...

— Le contremaître était Dipasquale ?
— Oh que oui.
— Et il vint à contrôler ?
— Oh que oui. À la fin de la première journée. Mais il nous dit de continuer parce que tout allait bien.
— Il vint aussi le dernier jour ?
C'était Fazio qui était intervenu.
— Dans la matinée, tant que j'ai été là, il n'est pas passé. Peut-être après déjeuner, mais vous devez le demander à Miccichè.
— Vous ne m'avez pas encore expliqué pourquoi vous êtes parti avant.
— Passqu'y restait pas grand-chose à faire. Boucher la fenêtre avec les planches et le plastique, démonter le tunnel, aplanir le sable.
— Vous avez remarqué s'il y avait une malle dans le salon ?
— Oh que oui. C'est le propriétaire, qu'il avait un nom que maintenant je m'arappelle pas, qui nous l'avait fait porter en dessous, à moi et à un autre qui s'appelle Smecca.
— Elle était vide ?
— Tout à fait vide.
— Très bien, merci, vous pouvez y aller.
À Dalli Cardillo, ça ne lui parut pas vrai.
— Bien le bonjour, tout le monde !
Et il s'enfuit.
— Tu sais pourquoi Spitaleri ne l'a pas averti et ne lui a pas dit ce qu'il devait dire ? demanda Montalbano.
— Oh que non.
— Parce que le géomètre est malin. Il sait que Dalli Cardillo n'est pas au courant de la découverte du meurtre. Et donc, il pense qu'il vaut mieux qu'il s'aprésente ici sans avoir rien à cacher.

Gaspare Miccichè était un quadragénaire roux et d'une taille aux environs du mètre quarante. Des bras très longs et des jambes courtes. On eût dit un singe. Si Darwin l'avait vu, il l'aurait sûrement embrassé de bonheur. Miccichè, dans la galerie de bois, il devait y entrer quasiment debout. Lui aussi était un peu sur les nerfs.

— Une matinée de besogne, vous me faites perdre !

— Monsieur Miccichè, vous vous doutez de la raison pour laquelle on vous a convoqué ?

— Je m'en doute pas, je le sais parce que Spitaleri m'en a parlé avant de venir ici. C'est pour cette connerie de l'appartement abusif.

— Il ne vous a rien dit d'autre, le géomètre ?

— Pourquoi ? Il y a autre chose ?

— Écoutez, ce 12 octobre, qui a été le dernier jour de travail, à quelle heure vous avez débauché ?

— Ce fut pas le dernier jour. J'y retournai le lendemain.

— Pour faire quoi ?

— Ce que je n'avais pas fait le lendemain après-midi.

— Expliquez-moi ça.

— L'après-déjeuner, j'étais en train de recommencer à besogner quand arriva Dipasquale, le contremaître, qui me dit de ne pas démonter la galerie.

— Et pourquoi ?

— Il m'a expliqué qu'il valait mieux attendre encore un jour pour voir s'il n'y avait pas d'infiltrations. Et il me dit aussi que le propriétaire voulait passer dans l'après-déjeuner pour vérifier lui aussi.

— Et vous, qu'est-ce que vous avez fait ?

— Qu'est-ce que je devais faire ? Je m'en allai.

— Continuez.

— Le soir, qu'il devait être les 9 heures passées, Dipasquale m'a téléphoné et m'a dit que le lendemain matin, je pouvais enlever la galerie. Moi, j'y allais, je mis les planches à la fenêtre, la couvris de nylon et démontai la galerie. J'avais à peine commencé à aplanir le sable que sont arrivés trois de l'équipe.

— Quelle équipe ?

— Celle qui devait enlever la palissade du chantier. Après, j'ai fait deux tours tout autour de la villa avec la planisseuse et...

— C'est quoi la planisseuse ? demanda Fazio.

— Un engin comme ceux qu'on a quand on fait les routes.
— Un rouleau compresseur ?
— Oh que oui, mais plus petit. Quand j'ai fini, je suis rentré à la maison.
— Avec la planisseuse ?
— Oh que non, c'était les hommes de l'équipe qui devaient se l'emporter.
— Vous vous en souvenez, si vous, le matin du 13, vous avez eu l'occasion d'entrer à l'intérieur de l'appartement ?
— Spitaleri aussi m'a posé la même question. Oh que non, j'y suis pas entré passque j'avais aucun motif d'y entrer.

S'il était entré, il aurait dû au moins remarquer la mare de sang dans le salon. Mais il semblait sincère.

— Vous avez vu qu'il y avait une malle ?
— Oh que oui. Elle avait été fait apporter...
— Oui, par M. Speciale. Vous l'avez ouverte ?
— La malle ? Non. Je savais qu'elle était vide. Pour quoi faire je l'aurais ouverte ?

Sans arépondre, Montalbano prit la fiche, la tourna, la lui tendit.

Miccichè mata la photo de la petite tuée, lit le signalement de disparition, rendit la fiche au commissaire. Il était vraiment ahuri.

— Qu'est-ce que ça vient faire ?

Ce fut Fazio qui parla.

— Si vous aviez ouvert la malle le matin du 13, vous l'auriez trouvée à l'intérieur. Égorgée et empaquetée.

La réaction de Miccichè ne fut pas celle à laquelle ils s'attendaient.

Il bondit sur ses pieds, le visage violet, poings serrés, dents découvertes. Un animal sauvage. Montalbano eut peur de le voir bondir sur le bureau.

— Pédé, fils de pute !
— Qui ?
— Spitaleri ! Qui le savait et qui l'a rin dit ! De la façon dont il me parlait, j'aurais dû acomprendre qu'il voulait me mettre dans la merde !

— Asseyez-vous et calmez-vous. Pourquoi, d'après vous, Spitaleri aurait eu l'intention de vous mettre dans la merde ?

— Pour vous faire croire que c'est moi qui tuai à cette petite ! Moi, quand je m'en allai, à Pizzo, j'y ai laissé Dipasquale ! Et de toute cette histoire, je ne sais rin de rin !

— Vous l'avez vue quelquefois, cette fille, près du chantier ?

— Jamais !

— Quand vous avez fini de travailler, l'après-midi du 12, vous vous souvenez de ce que vous avez fait ?

— Comment je fais à me l'arappeler ? C'est une histoire d'il y a six ans !

— Faites un effort, monsieur Miccichè. Dans votre propre intérêt, dit Fazio.

Miccichè fut assailli par un nouvel accès de rage. Il bondit sur ses pieds et, avant que Fazio ait pu l'arrêter, il prit son élan et donna un puissant coup de boule contre la porte fermée du bureau. Comme Fazio le rasseyait de force, la porte s'ouvrit et apparut, abasourdi, Catarella.

— *Dottori*, vous m'avez appelé ?

DIX

Fazio et Montalbano durent déployer des trésors de discours alternés avec des bourrades, des caresses et des cliquetis de menottes, pour calmer la bête déchaînée. Puis Miccichè, qui depuis cinq minutes était sage, la tête dans les mains, concentré sur la tentative de s'arappeler, acommença de murmurer :
— Attendez, attendez...
— Le coup lui fait revenir la mémoire, dit le commissaire à voix basse à Fazio.
— Attendez... Il me semble que ce fut le même jour que... Oui... oui...
Il bondit nouvellement sur ses pieds et Montalbano et Fazio furent prompts à sauter sur lui pour l'immobiliser. Désormais, ils avaient appris la technique.
— Mais je voulais seulement téléphoner à ma femme !
— Si c'est que ça... dit le commissaire.
Fazio lui tendit l'appareil de la ligne directe. Miccichè composa un numéro, mais il était trop nerveux et se trompa, une charcuterie lui répondit, il en fit un autre, se trompa nouvellement.
— Je vous le fais moi, dit Fazio.
Miccichè dicta le numéro en gardant le combiné à la main.

— Carmelina ? C'est moi. Tu t'en souviens quand y a six ans, notre fils Michilino se cassa la jambe ? Laisse tomber pourquoi je te le demande et réponds par oui ou par non. Tu te l'arappelles ? Tu t'en souviens pas si c'était bien y a six ans ? Penses-y bien. Ce fut il y a six ans ? Oui ? Et ça se passa pas le 12 octobre ? Oui ?

Il raccrocha.

— Maintenant, tout me revient en tête. Comme je m'étais levé tôt, je me couchai et je m'endormis. Puis Carmelina m'aréveilla en pleurant. Michilino était tombé de bicyclette et s'était cassé une jambe. Je le portai au pital de Montelusa. Ma femme vint avec moi. On resta au pital jusqu'au soir. Vous pouvez contrôler.

— C'est ce que nous ferons, dit Fazio.

Il échangea un coup d'œil avec Montalbano.

— Pour l'instant, vous pouvez y aller, dit le commissaire.

— Merci. Je vais à casser la gueule à Spitaleri, même si je dois y perdre la besogne !

Et il sortit du bureau en grinçant des dents.

— On le dirait échappé du zoo, commenta Fazio.

— Pourquoi d'après toi, le géomètre ne lui a rien dit du meurtre ?

— Passque certainement, Spitaleri, étant donné qu'il était parti, ne pouvait pas savoir que le fils de Miccichè s'était cassé une jambe. Il était persuadé qu'il n'avait pas d'alibi.

— En somme, Miccichè a vu juste : Spitaleri voulait le coincer. La question est : pourquoi ?

— Peut-être parce qu'il pense que dans l'affaire, Dipasquale pourrait être impliqué. Et Spitaleri tient plus à Dipasquale, qui doit en savoir des choses sur lui, qu'à ce pauvre diable de Miccichè.

— Eh oui.

— Qu'est-ce que je fais, je le reconvoque, à Dipasquale ?

— Tu as des doutes à ce sujet ?

Et voilà comment le contremaître entrait à son tour dans la partie.

Avant de sortir pour aller manger à la trattoria habituelle chez Enzo, le commissaire s'arrêta devant le placard de Catarella qui se mit au garde-à-vous.

— Repos. Comment ça s'est fini, pour les ventilateurs ?
— Il s'en atrouve pas, même à Montelusa. Ils disent comme ça qu'ils arrivent d'ici trois ou quatre jours.
— Le temps d'être cuits à point.

Catarella l'accompagna à la sortie, resta à le mater.

La chaleur qui sortit de la voiture à l'instant où Montalbano ouvrit la portière, lui ôta le courage d'y entrer. Peut-être valait-il mieux aller à pied jusqu'à la trattoria, un quart d'heure de marche, en choisissant bien sûr le côté ombre de la rue.

— *Dottori !* Mais qu'est-ce que vous faites ? Vous y allez à pied ?
— Oui.
— Attendez un moment.

Catarella entra au commissariat et en sortit agitant une petite casquette verte à visière de joueur de base-ball.

— Mettez-vous ça que ça vous protège la tête.
— Mais jamais de la vie !
— *Dottori*, une insolation, vous vous chopiez !
— Mieux vaut une insolation que d'avoir l'air d'un type qui va au rassemblement Pontida[1] !
— Où c'est qu'y va, *dottori* ?
— Laisse tomber.

Après cinq minutes qu'il marchait tête basse, il entendit une voix :

— Tu veux acheter ?

Il leva les yeux. Un Arabe qui venait lentement seul, chapeau de paille, maillot de bain. Mais l'homme tenait à la hauteur du visage un engin qui attira l'attention du commissaire. Une espèce de mini-ventilateur de poche qui devait fonctionner à pile.

— Donne-moi ça, dit-il en le montrant.

1. Grand rassemblement annuel de la Ligue du Nord.

— Ça, c'est à moi.
— T'en as pas un autre ?
— Non.
— Allez, combien tu veux pour ça ?
— Cinquante *euri*.
Ben, cinquante, c'était vraiment beaucoup.
— Disons trente.
— Quarante.
Montalbano paya les quarante euros, saisit le mini-ventilo et recommença à marcher en se le tenant près du visage. Il n'en revenait pas : ça rafraîchissait très bien.

Cependant, à table, il voulut rester dans le léger, ne mangea qu'un plat. Mais ce fut le micro-ventilo qui lui permit de se faire l'habituelle promenade au môle et de rester assis un moment sur la roche plate.

Le mini-ventilo était muni d'une mollette. Le commissaire le fixa au bord du bureau. Rin à dire : ça apportait un minimum de soulagement à la chaleur du bureau.
— Catarella !
— Gardez-moi ça, le génie de l'homme ! commenta Catarella, admiratif, en voyant le ventilateur.
— Fazio est là ?
— Oh que oui.
— Dis-lui de venir.
Fazio aussi le félicita pour le petit engin.
— Combien vous l'avez payé ?
— Dix euros.
Il avait honte de lui dire combien il l'avait payé.
— Où est-ce que vous l'avez acheté ? Je m'en prends un moi aussi.
— C'était un Arabe de passage. Malheureusement, il n'avait que celui-là.
Le téléphone sonna.
C'était le Dr Pasquano. Le commissaire mit le haut-parleur pour que Fazio entende lui aussi.
— Montalbano, ça va bien ?
— Oui. Pourquoi ?

— Étant donné que ce matin vous ne m'avez pas cassé les burnes, je m'étais inquiété.
— Vous avez fait l'autopsie ?
— Autrement, pourquoi je vous téléphonerais ? Pour entendre votre voix mélodieuse qui rend amoureuse ?

Pour qu'il l'appelle, il fallait qu'il ait découvert quelque chose d'important.

— Je vous écoute.
— Donc, d'abord, la petite avait complètement digéré, mais pas encore évacué, ce qu'elle avait mangé. Donc, elle a été tuée vers les 6 heures de l'après-déjeuner ou vers 11 heures du soir.
— Vers 6 heures de l'après-midi, je crois.
— Ça vous regarde.
— Autre chose ?

Il aimait pas ça, le docteur, ce qu'il avait à dire.

— Je me suis trompé.
— Sur quoi ?
— La petite était vierge. Sans l'ombre d'un doute.

Montalbano et Fazio se fixèrent, ébahis.

— Qu'est-ce que ça veut dire ? demanda le commissaire.
— Vous ne savez pas ce que ça veut dire, vierge ? Donc, il faut que vous sachiez que les femmes qui n'ont pas encore...
— Vous savez très bien ce que je veux dire, docteur.

Montalbano n'avait pas envie de galéjer. Pasquano ne répliqua pas.

— Si la petite n'était pas vierge, ça veut dire que le mobile du meurtre est ailleurs.
— Vous êtes champion olympique, n'est-ce pas ?
— Expliquez-moi ça, dit Montalbano, interloqué.
— Vous êtes un champion du cent mètres.
— Pourquoi ?
— Vous courez trop vite, mon ami. Vous allez trop vite. C'est pas votre genre d'arriver tout de suite à la conclusion. Qu'est-ce qui vous arrive ?

Il m'arrive que je suis adevenu vieux, pinsa amèrement le commissaire, *que je veux arriver vite à conclure une enquête qui me pèse.*

115

— Donc, reprit Pasquano. Je confirme que dans le moment où elle a été tuée, la fille était dans la position que j'ai dit.

— Alors, vous pouvez m'expliquer comment l'assassin lui a fait prendre cette position après l'avoir obligée à se déshabiller, si ce n'est pas pour se la baiser ?

— Nous n'avons pas trouvé les vêtements et donc nous ne savons pas si l'assassin l'a obligée à se déshabiller d'abord ou s'il l'a déshabillée après. En tout cas, la question des vêtements n'est pas pertinente, Montalbano.

— Vous trouvez ?

— Mais bien sûr ! Comme il n'est pas pertinent qu'il ait enveloppé le corps et l'ait mis dans la malle !

— Il ne l'a pas fait pour le cacher ?

— Montalbano, vous savez que je vous trouve vraiment en petite forme ?

— C'est peut-être l'âge, *dottore*.

— Mais comment ?! L'assassin se serait préoccupé de glisser le cadavre dans la malle, en laissant à deux mètres de distance une mare de sang grande comme un lac !

— Mais alors, pourquoi, d'après vous, il l'aurait mis dans la malle ?

— Avec tous les meurtres qui vous sont passés entre les mains, vous venez me le demander à moi ? Mais pour se la cacher à lui-même, mon cher, pas à nous ! C'est une espèce de refoulement concret et immédiat.

Pasquano avait raison.

Combien ils étaient, les assassins occasionnels qui cachaient le visage de la victime, surtout si c'était une femme, avec un truc quelconque, une estrasse, une serviette, un drap ?

— Vous devez partir du seul point ferme que nous avons, reprit le docteur, c'est-à-dire la position de la petite quand l'assassin l'a égorgée. Si vous y réfléchissez un petit peu, vous verrez que…

— J'ai compris ce que vous voulez me dire.

— Si enfin, vous l'avez compris, dites-le-moi.

— Que peut-être l'assassin n'a plus été capable, au dernier moment, de la violer et alors, il a été pris d'un raptus irrésistible et a sorti le couteau.

— Qui, comme on explique en psychanalyse, est un substitut du membre viril. Bravo.
— J'ai passé l'examen ?
— Mais il pourrait y avoir une autre hypothèse, continua Pasquano.
— Laquelle ?
— Que l'assassin l'ait sodomisée.
— Mon Dieu, murmura Fazio.
— Mais quoi ? s'aréveilla Montalbano. Vous m'assommez de bavardages pendant une demi-heure et à la fin vous daignez me dire seulement au dernier moment ce que vous deviez me dire en premier ?
— C'est que je ne suis pas sûr à cent pour cent. Il ne m'a pas été possible de l'établir avec certitude. Trop de temps est passé. Mais à certains signes minimes, je serais pour le oui. Je répète : serais, au conditionnel.
— En somme, vous ne vous sentez pas de passer du conditionnel à l'indicatif présent.
— Sincèrement, non.

— Au pire, il n'y a pas de fin, dit Fazio, amer, quand le commissaire raccrocha.
Montalbano était resté pinsif. Fazio continua.
— *Dottore*, vous vous rappelez que vous m'avez dit que quand on prendra l'assassin, vous voulez lui casser la gueule ?
— Oui. Et je le confirme.
— Vous me permettrez de participer à la fête ?
— Tu seras le bienvenu. Tu as convoqué Dipasquale ?
— Pour 6 heures aujourd'hui, après la fin du chantier.
Comme Fazio allait quitter le bureau, le téléphone sonna nouvellement.
— *Dottori* ? Il y aurait qu'il y a au tiliphone le proc' Tommaseo.
— Passe-le-moi.
— Écoute toi aussi, dit le commissaire à Fazio en remettant le haut-parleur.
— Montalbano ?
— *Dottore* ?

117

— Je désirais vous informer que j'ai été chez les Morreale pour les informer de la triste nouvelle.

Voix dolente et émue.

— Vous avez très bien fait, *dottore*.

— Ça a été terrible, savez-vous ?

— Je l'imagine.

Mais Tommaseo voulait lui raconter le calvaire subi.

— La pauvre Mme Francesca, la mère, s'est évanouie. Le père, je ne vous dis pas, il s'est mis à errer dans la maison en divaguant et il n'était même plus capable de tenir debout.

Tommaseo s'attendait à un commentaire de la part de Montalbano, qui le lui servit.

— Ah, les pauvres gens !

— Pendant toutes ces longues années, ils ont toujours espéré que leur fille soit vivante… Vous savez, comme on dit ? Que l'espérance…

— … est la dernière à pourrir, compléta Montalbano, lui servant encore une fois, en jurant mentalement, l'expression toute faite.

— Tout à fait, cher Montalbano.

— Donc, ils n'ont pas été en mesure de faire la reconnaissance.

— Non, elle a été faite, en fait ! La morte est bien Morreale Caterina !

Montalbano et Fazio échangèrent des regards ahuris. Pourquoi Tommaseo avait-il sorti une voix roucoulante qu'on aurait dit un pigeon ? Il ne s'agissait pas d'une chose si joyeuse.

— Je me suis empressé d'y conduire moi-même Adriana dans ma voiture, continua Tommaseo.

— Excusez-moi, qui est Adriana ?

— Comment, qui c'est ? C'est pas vous qui m'avez dit que la victime a une sœur jumelle ?

Montalbano et Fazio se regardèrent, incrédules. Mais qu'est-ce qu'il racontait, celui-là ? Il voulait peut-être leur rendre la blague que lui avait faite le commissaire ?

— Vous aviez raison, continuait Tommaseo avec une voix excitée comme s'il avait gagné au loto. Une fille splendide !

Ah, voilà pourquoi, le roucoulement !

— Elle étudie la médecine à Palerme, vous savez ? Avant tout, elle a vraiment du caractère, même si, après la reconnaissance, elle a eu une légère crise et j'ai dû la réconforter.

Tu parles comme il avait dû être prêt à la réconforter avec tous les moyens à sa disposition, le *dottor* Tommaseo !

Ils se dirent au revoir, raccrochèrent.

— Mais ce n'est pas possible, dit Fazio. Vosseigneurie le savait qu'il y avait une sœur jumelle !

— Je te jure que non. Mais c'est important de l'avoir appris. La morte se confiait probablement à elle. Tu peux passer un coup de fil chez les Morreale et demander si je peux passer demain matin vers 10 heures ?

— Même si c'est le 15 août ?

— Où tu veux qu'ils aillent ? En deuil, ils sont.

Fazio sortit et revint cinq minutes plus tard.

— Vous savez que c'est justement Adriana qui m'a répondit ? Elle m'a dit que c'est peut-être mieux que vous ne veniez pas chez elle, ses parents vont vraiment mal. Ils ne sont même pas capables de parler. Elle a proposé de venir ici, au commissariat, demain matin, à l'heure que vous avez dite.

En attendant Dipasquale, il téléphona à l'agence Aurora.

— Monsieur Callara ? Montalbano, je suis.

— Il y a du neuf, commissaire ?

— Moi, je n'ai rien. Et vous ?

— Moi, si.

— Je parie que vous avez informé Mme Gudrun Speciale de la découverte de l'étage abusif.

— Vous avez deviné ! Je lui ai téléphoné dès que je me suis un peu repris après ce tirrible coup que j'ai ressenti en ouvrant la malle. Maudite curiosité !

— Qu'est-ce que vous voulez y faire, Callara ? Malheureusement, c'est comme ça que ça s'est passé.

— J'ai toujours été curieux comme ça ! Vous savez qu'une fois, quand j'étais encore petit...

Manquaient plus que les souvenirs de jeunesse de M. Callara.

— Vous étiez en train de me dire que vous avez téléphoné à Mme Gudrun...

— Ah oui, mais je ne lui ai rien dit de cette pauvre petite tuée.

— Vous avez bien fait. Qu'est-ce que la dame a décidé ?

— Elle m'a chargé de faire les démarches pour la régularisation et de lui envoyer les papiers à signer.

— C'est le mieux.

— Oui, mais dans le fax qu'elle m'a envoyé, c'était écrit aussi qu'après elle me donnait la procuration pour la vente. Vous savez ce qui m'est venu en tête ? Que peut-être bien que je me l'achète moi, cette villa. Qu'est-ce que vous en pensez ?

— C'est vous l'agent immobilier. C'est à vous de décider. Au revoir.

— Attendez. Je dois vous dire encore une chose. Comme je lui déconseillais honnêtement de vendre la villa...

Honnêtement dans le sens que si la dame vendait, Callara risquait de perdre son pourcentage sur le loyer.

— ... elle m'a arépondu qu'elle ne voulait plus en entendre parler.

— Vous lui avez demandé pourquoi ?

— Oh que oui. Elle me dit qu'elle me l'écrirait. Et justement, ce matin, m'arriva un fax avec l'explication. C'te fax, je crois qu'il peut vous intéresser.

— À moi ?

— Oh que oui. Il dit que le fils, Ralf, est mort.

— Quoi ?!

— Eh oui, on a atrouvé les restes il y a deux mois.

— Les restes ? C'est-à-dire, la mort est vieille ?

— Oh que oui. Il paraît que Ralf est mort en retournant à Cologne avec M. Speciale. Il y a aussi une coupure de journal allemand avec la traduction.

— Quand est-ce que vous me le faites avoir ?

— Ce soir même, quand je vais fermer le bureau. Je passe et je le laisse au type de l'entrée.

Et comment se faisait-il qu'ils aient mis six ans à trouver cet autre *catafero* ou ce qui en restait ?

ONZE

Le regard de Dipasquale, en entrant dans le bureau du commissaire, était plus torve que jamais.

— Asseyez-vous, je vous prie.

— Y en a pour longtemps ?

— Le temps qu'il faudra. Monsieur Dipasquale, avant de parler de la villa de Pizzo, je voudrais aprofiter de votre présence pour vous demander où et comment je peux contacter le gardien du chantier de Montelusa.

— Toujours pour cette maudite histoire de l'Arabe ? Encore ? Mais puisque le *dottor* Lozupone a...

Montalbano fit semblant de ne pas avoir entendu le nom de son collègue.

— Dites-moi où je peux le trouver. Et répétez-moi aussi ses nom et prénom. L'autre fois, vous me l'avez dit, mais je l'ai oublié, je ne l'ai pas noté. Fazio, attention, prends note.

— Tout de suite, *dottore*.

Pas mal, pour un numéro improvisé.

— Commissaire, je le dirai, moi, au gardien, que vous voulez lui parler. Il s'appelle Filiberto Attanasio.

— Mais, excusez-moi, vous, comme vous faites pour le contacter quand le chantier est fermé ?

— Il a un portable.

— Donnez-moi le numéro.
— Y marche pas. L'autre nuit... l'autre jour, il lui est tombé par terre et il s'est cassé.
— Bien, alors dites-le-lui.
— Oui. Mais je vous avertis qu'il pourra pas venir avant deux ou trois jours.
— Pourquoi ?
— Parce qu'il a eu une attaque de malaria.
Il devait avoir eu une belle frousse, le gardien.
— Faisons comme ça. Dites-lui que quand il se sentira bien, il me passe un coup de fil. Revenons à nous. Je vous ai fait venir parce que ce matin, en interrogeant deux maçons qui ont travaillé à la villa de Pizzo, Dalli Cardillo et Miccichè...
— Commissaire, gaspillez pas votre salive, je le sais très bien ce qui se passa.
— Qui vous l'a dit ?
— Spitaleri. Miccichè est entré dans son bureau qu'il avait l'air fou et il lui a balancé une beigne qui lui a explosé le nez. Il était persuadé que Spitaleri avait voulu l'impliquer. Celui-là, il faut qu'il aille vivre chez les bêtes sauvages ! Et maintenant il allait demander l'aumône. Comme maçon, difficile qu'il retrouve de la besogne.
— Y a pas que les chantiers de Spitaleri, dit Fazio.
— Oui, mais il suffit d'un mot de moi ou de Spitaleri...
— ... pour le mettre sur le pavé ?
— Exactement.
— Je prends acte de ce que vous venez de dire et j'en tirerai les conséquences qui s'imposent, dit Montalbano.
— Qu'est-ce que ça signifie ? demanda Dipasquale, étonné.
Plus que le ton de menace, ce qui l'avait impressionné, c'était le bon italien du commissaire.
— Ça signifie que vous, en notre présence, vous avez dit que vous ferez en sorte que Miccichè reste au chômage. Vous avez menacé un témoin.
— Témoin ? Témoin de mon cul, oui !
— Ne vous permettez pas de parler de cette manière !

— Et en tout cas, moi, je l'amenace pas pour ce qu'il a dit ici, mais pour avoir tapé à Spitaleri !

Malin et rapide, le contremaître.

— Pour l'instant, ne nous égarons pas. Spitaleri nous a déclaré que les travaux à la villa de Pizzo ont terminé le 12 octobre. Et vous me l'avez confirmé. En réalité, les travaux se sont terminés le lendemain matin, comme nous l'avons appris de Miccichè.

— Quelle importance ?

— Laissez-nous décider ce qui est important et ce qui ne l'est pas. Spitaleri ne pouvait pas le savoir qu'il y a eu cette prolongation de travail parce qu'il était parti, mais vous, vous le saviez ?

— Oui.

— En fait, c'est vous-même qui l'avez décidé ?

— Oui.

— Pourquoi vous ne nous l'avez pas dit ?

— Ça m'est sorti de l'esprit.

— Vous êtes sûr ?

— D'autre part, l'autre fois, vous non plus, vous ne m'avez pas parlé de la petite tuée.

Il voulait passer à la contre-attaque, le connard.

— Dipasquale, ici, on n'est pas à jouer, moi, je te dis ça, toi, tu me dis ça. En tout cas, quand vous êtes venu ici, vous étiez déjà certainement au courant pour la morte parce que Spitaleri vous l'avait dit. Et vous avez fait semblant de rien.

— Et qu'est-ce que je devais vous dire ? Rin.

— Eh si, il y a une chose que vous nous avez dite.

— Laquelle !

— Vous avez voulu vous créer un alibi auprès de nous. Vous nous avez dit que Spitaleri, quatre jours avant que les travaux à Pizzo finissent, vous a envoyé à Fela pour ouvrir un nouveau chantier. Maintenant, comment ça se fait que vous, le 11 et le 12 octobre, vous vous trouviez à Pizzo et pas à Fela ?

Dipasquale n'essaya même pas d'atrouver d'excuses.

— Commissaire, il faut me comprendre. J'ai eu une grosse frousse quand Spitaleri m'a parlé du *catero*. Et alors, je me suis inventé l'histoire que j'avais été envoyé à Fela. Mais je m'y attendais que, tôt ou tard, vous le sauriez que c'était une menterie.

— Alors, dites-nous exactement comment ça s'est passé.

— Vous voyez, le 11, moi, j'y suis entré dans ce maudit appartement. Je voulais voir s'il y avait de l'humidité ou des infiltrations. J'allai aussi au salon, mais il n'y avait rien de bizarre.

— Et le lendemain, le 12 ?

— J'y retournai l'après-midi. Je dis à Miccichè de pas démonter la galerie. Lui, il s'en alla et moi je restai une demi-heure à attendre M. Speciale.

— Vous êtes entré pour contrôler ?

— Oh que oui. Tout était en ordre.

— Au salon aussi ? demanda Fazio.

— Au salon aussi.

— Et puis ?

— À la fin, M. Speciale arriva.

— Comment est-il venu ?

— En voiture. Il se l'était louée quand il était arrivé ici.

— Il y avait son beau-fils avec lui ?

— Oh que oui.

— Quelle heure était-il ?

— Il pouvait être dans les 4 heures de l'après-midi.

— Vous êtes descendus ?

— Tous les trois.

— Comment vous faisiez pour voir ?

— Moi, j'avais une torche puissante. Et Speciale aussi en avait une. M. Speciale a contrôlé tout minutieusement, c'est un homme minutieux et précis, puis je lui demandai si on pouvait fermer le passage et aplatir le sable et il me dit que ça allait. Il a donné un dernier coup d'œil et après M. Speciale et moi, on est sortis. On s'est dit au revoir et je suis parti.

— Et Ralf ?

— Le jeune s'était fait donner la torche par son beau-père et il était resté dessous.

— À faire quoi ?

— Bah. Le fait d'être sous terre lui plaisait. Il regardait les cadres empaquetés et il riait. Je vous ai pas dit qu'il était fou ?

— Donc vous êtes parti alors que Speciale et Ralf restaient à Pizzo ?

— C'est là que je les laissai. D'autre part, M. Speciale avait la clé de l'autre appartement qui était habitable.

— Vous vous rappelez quelle heure il pouvait être quand il est parti ?

— Presque 5 heures.

— Comment ça se fait que c'est qu'à 9 heures du soir que que vous avez averti Miccichè qu'il pouvait démonter la galerie ?

— Mais, moi, je l'ai appelé minimum trois fois et que personne n'arépondit ! C'est que le soir que je le trouvai !

Ça correspondait. Miccichè et sa femme avaient passé l'après-midi au pital de Montelusa.

— Vous, qu'est-ce que vous avez fait, après que vous êtes parti de Pizzo ?

Dipasquale eut un petit rire.

— Vous voulez un alibi ?

— Si vous l'avez, c'est mieux.

— Je l'ai. Je suis allé au bureau de Spitaleri. Entre 6 et 8 heures, il devait nous appeler, à la secrétaire et à moi.

— Mais il était pas encore arrivé à Bangkok ! se récria Fazio.

— Bien sûr qu'il n'était pas arrivé. Mais l'avion faisait escale dans un endroit que je m'arappelle pas comment ça s'appelle. Spitaleri l'aconnaît cette ligne. Il va souvent dans ce coin.

— Il a appelé ?

— Oh que oui.

— C'était important, ce coup de fil ?

— Assez. Il s'agissait d'un marché qu'on devait nous attribuer. S'ils nous l'attribuaient, moi, je devais tout de suite m'occuper de certaines choses.

Entre autres, par exemple, aller distribuer les pots-de-vin dus aux Sinagra, aux Cuffaro, au maire et à qui de droit, pinsa le commissaire, mais il ne dit rin.

— Par curiosité, ils vous l'ont attribué ? demanda Fazio.
— Le 12, ils n'avaient encore rien adécidé. Ils ont adécidé le 14.
— En votre faveur ? ajouta encore Fazio.
— Oui.

Et comment en douter ?
— Vous l'avez appris à Spitaleri ?
— Oui, le lendemain. On l'a appelé nous, à l'hôtel de Bangkok.
— Qui ça, « nous » ?
— La secrétaire et moi. En conclusion, si vous voulez savoir ce qui se passa à Pizzo après que je suis parti, vous devez téléphoner en Allemagne à M. Speciale.
— Vous ne le savez pas ? Il est mort.
— Il a eu une attaque ?
— Non, il est tombé dans l'escalier de chez lui.
— Ben, vous pouvez toujours demander à Ralf.
— Ralf est mort lui aussi. Je l'ai appris il y a juste une demi-heure.

Dipasquale écarquilla les yeux.
— Co... comment ?
— Il a pris le train avec son beau-père mais il n'est jamais arrivé à Cologne. Il a dû être tombé.
— Cette villa de Pizzo est vraiment maudite ! commenta le chef de chantier, troublé.

À qui le dis-tu ! pinsa Montalbano.

Le commissaire prit sur le bureau la fiche avec la photographie de la petite et la lui tendit. Dipasquale la prit, fixa le cliché et une bouffée de rougeur lui teignit la face.
— Vous la connaissez ?
— Oui. C'est une des jumelles qui habitaient dans la dernière maison avant d'arriver à la villa.

Voilà pourquoi le signalement de la disparition avait été fait à Fiacca ! À l'époque, Montereale dépendait de ce commissariat.
— C'est la petite qui a été tuée ? demanda Dipasquale, tenant toujours la fiche en main.
— Oui.
— Je suis sûr que...

— Parlez.

— Vous vous rappelez que l'autre fois je vous l'ai raconté ? C'est la petite que Ralf a attaquée tout nu et que Spitaleri a sauvée.

Et tout de suite, Dipasquale comprit qu'il avait fait une erreur. En parlant sans réfléchir, il avait impliqué aussi Spitaleri. Il tenta de se rattraper.

— Ou peut-être pas. Ou plutôt, pas de peut-être. Je me trompe. Ça, c'est la sœur jumelle, j'en suis sûr.

— Vous les voyiez souvent, les jumelles ?

— Souvent non. Querques fois. Pour aller à Pizzo, il fallait par force passer devant la maison où elles habitaient.

— Comment se fait-il que Miccichè dise qu'il ne l'a jamais vue ?

— Commissaire, les maçons allaient au chantier à 7 heures du matin. À cette heure, les petites dormaient. Et ils débauchaient à cinq heures et demie de l'après-midi quand les petites étaient encore à la plage. Moi j'allais et je venais.

— Comme le géomètre Spitaleri ?

— Lui, plus rarement.

— Merci, vous pouvez aller, conclut Montalbano.

— Qu'est-ce que vous en pensez, de l'alibi de Dipasquale ? demanda Fazio quand le contremaître fut sorti.

— Qu'il peut être vrai ou alors bidon. Il se base sur un coup de fil de Spitaleri que nous ne savons pas s'il a été réellement passé.

— On pourrait interroger la secrétaire.

— Tu veux galéjer ? La secrétaire fera et dira tout ce que Spitaleri lui dira de dire et de faire. Autrement, il la vire fissa. Et avec le manque de besogne qu'il y a, imagine-toi si elle va mettre son poste en danger.

— Il me semble que nous n'avons pas fait un pas de plus.

— À moi aussi, il me semble. On verra demain ce que nous dit Adriana.

— Vous m'expliquez pourquoi vous voulez parler avec Filiberto ?

— Mais, moi, je veux pas lui parler. Ça m'intéressait de voir la réaction de Dipasquale. S'il nous soupçonnait tous les deux pour l'autre nuit.

— Il m'a semblé qu'il n'a pas encore pinsé à nous.
— Tôt ou tard, ils vont y arriver.
— Et qu'est-ce qu'ils vont faire ?
— D'après moi, ils vont pas se découvrir. Spitaleri ira se lamenter auprès de ses petits copains qui le protègent et eux, y feront querque chose.
— Quoi ?
— Fazio, d'abord, on attend qu'ils nous fassent notre fête et après on se mettra à chialer.
— Bien, commença Fazio, moi, je m'en vais...

Il fut interrompu par une détonation, presque une canonnade. C'était la porte qui était allée battre contre le mur. Catarella avait encore le bras levé et le poing fermé, dans l'autre main, il tenait une enveloppe.

— Excusez, *dottore*, pour le fracassement. Une lettre, on vient de la porter juste à l'instant de maintenant.
— Donne-la-moi et disparais avant que je te flingue.

C'était une grande enveloppe avec dedans deux pages de fax, qui venaient d'Allemagne, adressées à l'agence de Callara.

— Écoute ça, toi aussi, Fazio. Il y a la nouvelle de la mort de Ralf. Callara m'en avait parlé.

Montalbano se mit à lire à haute voix.

Cher Monsieur,
Il y a trois mois, il m'est arrivé de lire sur un journal un fait divers dont je vous envoie la copie avec la traduction.
J'ai tout de suite senti, peut-être par instinct maternel, que ces misérables restes devaient appartenir à mon pauvre Ralf que j'avais si longtemps attendu pendant toutes ces années.
J'ai demandé qu'on fasse une comparaison entre l'ADN de l'inconnu et le mien. Il ne m'a été nullement facile de l'obtenir, j'ai dû longuement insister.
Enfin, il y a quelques jours, le résultat est arrivé.
Les données correspondent parfaitement, ces restes sont, sans l'ombre d'un doute, ceux de mon pauvre Ralf.
Comme on n'a pas trouvé trace de vêtements, la police pense que Ralf s'est levé pendant la nuit, durant le voyage en train,

pour se rendre aux toilettes mais que, par erreur, il a ouvert la porte extérieure du compartiment et a été précipité dans le vide.

Cette villa sicilienne nous a porté malheur, elle a fait mourir mon fils Ralf et mon mari Angelo qui, après le voyage en Sicile et certainement à cause de la disparition de Ralf, n'a plus été le même homme.

C'est la raison pour laquelle je souhaite que la villa soit vendue.

Je vous enverrai dans les prochains jours par fax une copie de tous les documents relatifs à la construction de la villa, les plans, le permis de construire, l'extrait du cadastre, les contrats avec la société Spitaleri. Ils vous serviront aussi bien pour la demande de régularisation que pour la future vente.

Gudrun Walser

La traduction de l'article des faits divers disait :

Découverte des restes d'un inconnu
Avant-hier, à la suite d'un incendie qui s'est développé dans les épaisses broussailles du remblai ferroviaire à environ vingt kilomètres de Cologne, les pompiers qui étaient intervenus pour éteindre les flammes, ont découvert des restes humains à l'intérieur d'une conduite semi-enterrée. Aucune identification n'a été possible parce qu'à côté des restes, on n'a trouvé ni vêtements ni documents.

L'autopsie a révélé que le corps est celui d'un jeune homme et que la mort remonte à pas moins de cinq ans.

— C'te chute du train ne me convainc pas, dit Fazio.

— Moi non plus. D'après la police, Ralf se serait levé pour aller faire ses besoins. Et il y va nu ? Et s'il rencontre querqu'un dans le couloir ?

— Vosseigneurie qu'est-ce que vous en pensez ?

— Bah, tu sais, c'est des hypothèses en l'air, nous n'aurons jamais de preuve, de confirmation. Peut-être que Ralf a repéré une jeune passagère et qu'il a adécidé, comme nous a raconté Dipasquale, qu'il avait l'habitude de faire, d'aller l'embrasser nu. Et si ça se trouve, il a rencontré un mari, un père, un fiancé qui l'a foutu par la fenêtre.

— Ça me paraît un peu tiré par les cheveux.

— Il peut y avoir une autre explication. Le suicide.

— Et pourquoi ?

— Imaginons à partir du fait que dans l'après-midi du 12 octobre, comme dit Dipasquale, Angelo Speciale et son beau-fils sont restés seuls à Pizzo. Mettons qu'Angelo soit allé profiter du coucher de soleil depuis la terrasse pendant que Ralf va se faire une balade du côté de la maison des Morreale. Rappelle-toi que Dipasquale nous a raconté qu'une fois Ralf a tenté de choper Rina. Il la rencontre par hasard et, cette fois, il ne veut pas la laisser s'enfuir. Il menace la petite avec un couteau et l'oblige à le suivre dans l'appartement sous terre. Et là, c'est la tragédie. Ralf enveloppe la petite, la met dans la malle, prend ses habits, les cache dans la villa et ensuite va sur la terrasse tenir compagnie à Angelo. Mais celui-ci, le dernier jour peut-être, découvre les vêtements de la petite. Peut-être étaient-ils ensanglantés.

— Mais il ne l'avait pas obligée à se mettre nue ?

— On n'en sait rien, peut-être qu'il l'a déshabillée après. Pour faire ce qu'il voulait faire, il n'avait pas besoin de la mettre complètement nue.

— Et comment ça finit ?

— Ça finit qu'Angelo, durant le voyage en train, oblige Ralf à avouer le meurtre. Et après l'avoir fait, le jeune se tue en se jetant du train. Si tu veux, je peux faire une variante.

— Laquelle ?

— C'est Angelo qui le jette du train, tuant ainsi le monstre.

— Qu'est-ce que vous exagérez, *dottore* !

— Quoi qu'il en soit, souviens-toi que Mme Gudrun écrit que son mari est arrivé à Cologne qu'il ne paraissait plus lui-même. Donc, il a bien dû lui arriver querque chose.

— Comment ça, querque chose ? Il lui arriva, malheureux, que le matin, en s'aréveillant dans le wagon-lit, il n'atrouva plus le beau-fils !

— En somme, toi, Speciale, tu le vois pas comme un assassin ?
— Non, pas vraiment.
— Mais tu sais, dans les tragédies grecques...
— *Dottore*, ici, on est à Vigàta, pas en Grèce.
— Dis-moi la vérité : elle te plaît ou pas mon histoire ?
— Elle me paraît bonne pour la télévision.

DOUZE

La journée avait été longue et rendue encore plus longue par la canicule d'août. Il se sentait un peu fatigué. Mais il n'avait pas perdu le pétit.

En ouvrant le four, il fut déçu en n'y trouvant rin, mais quand il ouvrit le réfrigérateur, il vit une espèce de salade de calamars, céleri, tomates et carottes à assaisonner à l'huile et au citron. Fort justement, Adelina lui avait préparé un plat à manger froid.

Sur la véranda circulait un petit vent nouveau-né, sa force était réduite et il ne parvenait pas à bouger la masse compacte de la chaleur qui, au début de la nuit, résistait encore, mais c'était mieux que rien.

Il se déshabilla, enfila un maillot de bain et courut se jeter dans la mer. Il nagea longtemps, à larges et lentes brassées. Puis il revint sur la rive, entra chez lui, dressa la table sur la véranda et commença à manger. Puis, comme il avait encore du pétit, il se prépara une petite assiette avec olives sèches ou à l'huile et un *cacciocavallo* qui appelait, ou mieux exigeait, du bon vin.

Sur la véranda, le petit vent était passé de l'enfance à la jeunesse et se faisait sentir.

Il adécida de saisir le moment favorable où les pinsées ne s'enrayaient pas sous l'effet de la chaleur, pour se mettre à raisonner sur l'enquête qu'il avait entre les mains. Il débarrassa la table des assiettes, couverts et verres et les remplaça par quelques feuilles de papier.

Comme il n'aimait pas prendre des notes, il adécida de s'écrire une lettre, comme il fait quelques fois.

Cher Montalbano,

Je suis contraint de constater que, soit sous l'effet d'un retour à l'enfance sénile soit en raison de la grande chaleur de ces derniers jours, tes pensées ont perdu tout éclat, sont devenues extrêmement opaques et bougent au ralenti. Tu as pu le voir toi-même au cours du dialogue avec le Dr Pasquano, qui l'a remporté largement aux points.

Pasquano a fait deux hypothèses sur le fait que l'assassin ait emporté les vêtements de la petite : l'une qu'il s'est agi d'un geste irrationnel, deux que l'assassin se les est emportés parce qu'il est fétichiste. Ce sont des hypothèses possibles.

Mais il peut y en avoir une troisième. Elle t'est venue à l'esprit aujourd'hui pendant que tu parlais avec Fazio, à savoir que l'assassin se soit approprié les vêtements parce que souillés de sang. Souillés du sang jailli de la gorge de la petite pendant qu'il la tuait.

Mais ça a pu se passer d'une manière différente. Il faut faire un pas en arrière.

Aussi bien quand tu as découvert le cadavre que quand tu l'as fait découvrir officiellement à Callara, cette grosse tache de sang près de la porte-fenêtre, tu ne l'as pas vue pour la simple raison qu'elle n'était pas visible à l'œil nu. Les types de la Scientifique s'en sont, eux, aperçus parce qu'ils ont utilisé le Luminol.

Si l'assassin avait laissé la grosse tache comme elle s'était formée sur le sol, il serait resté quelques traces de sang, même après six ans, sur le carrelage. Mais on ne voyait rien.

Ça, qu'est-ce que ça signifie ?

Ça signifie que l'homme, après avoir tué la fille, après l'avoir enveloppée, après l'avoir fourrée dans la malle, a utilisé ses vêtements à elle pour laver, même si c'était de manière superficielle, la tache de sang. Il a utilisé les vêtements en les mouillant avec un peu d'eau, puisque les robinets fonction-

naient. *Puis il les a mis dans un sac en plastique qu'il a trouvé sur les lieux ou qu'il avait emmené exprès.*

Maintenant, la question est : pourquoi ne s'est-il pas débarrassé des vêtements en jetant le sac sur le cadavre ?

La réponse est : parce que pour le faire, il aurait dû rouvrir la malle.

Et ce geste lui était impossible parce que ça aurait signifié se faire renvoyer à la face un événement, une réalité qu'il avait commencé à refouler. Pasquano a raison : il a caché le cadavre pour ne plus le voir, lui, pas pour nous empêcher, nous, de le voir.

Il y a une autre question importante. Elle a déjà été posée mais il est bon de la répéter : était-il nécessaire de tuer la petite ? Et pourquoi ?

Quant au pourquoi, Pasquano a évoqué la possibilité d'un chantage ou d'un raptus dû à un violent accès de rage pour l'impuissance soudaine.

Ma réponse est : oui, c'était nécessaire. Mais pour une seule raison, et complètement différente.

Et c'est celle-ci : la jeune fille connaissait bien son agresseur.

L'assassin a dû la contraindre à le suivre dans l'appartement enterré mais une fois entrée là, son destin était écrit. Parce que si l'homme l'avait laissée en vie, la petite l'aurait certainement dénoncé pour la violence ou la tentative de violence. Donc quand l'assassin la conduisit sous terre, il savait déjà que, outre la violer, il devrait aussi la tuer. Et là-dessus, à présent, il n'y a plus de doutes. Homicide prémédité.

Ensuite vient la mère de toutes les questions : qui est l'assassin ? Il faut procéder par éliminations.

Spitaleri, ce n'est pas possible, c'est sûr. Même s'il t'est antipathique, même si tu vas essayer de le baiser pour une autre affaire, il y a un fait indiscutable : à savoir que l'après-midi du 12, Spitaleri n'était pas à Pizzo, mais en vol pour Bangkok. À propos, ne pas oublier que pour Spitaleri, une fille de l'âge de Rina était déjà trop mûre pour ses goûts.

Miccichè a un alibi, il a passé l'après-midi à l'hôpital de Montelusa. Tu peux le faire contrôler, si tu veux, mais c'est une perte de temps.

Dipasquale dit avoir un alibi. Il a quitté Pizzo vers 17 heures et il est allé au bureau de Spitaleri pour en recevoir le coup de fil. À 21 heures, il a parlé avec Miccichè. Mais il ne nous a pas dit ce qu'il a fait après être passé au bureau de Spitaleri. Il a affirmé qu'ils s'étaient mis d'accord avec Spitaleri pour que celui-ci lui téléphone entre 18 et 20 heures. Tu pourrais faire une hypothèse. À savoir que le coup de fil a lieu à 18 h 30. Dipasquale sort du bureau et rencontre par hasard Rina. Il la connaît, il lui demande si elle veut qu'il l'emmène à Pizzo. La petite accepte et... À 21 heures, Dipasquale peut tranquillement téléphoner à Miccichè.

Ralf. Il est resté à Pizzo avec son beau-père après que Dipasquale est parti. Il connaît Rina, a déjà tenté de l'agresser. Et si ça s'était passé comme tu l'as déjà raconté à Fazio ? Reste le mystère de sa mort qui pourrait être lié, en quelque manière, à sa culpabilité. Mais accuser Ralf, c'est, surtout, un acte de foi. Il est mort, son beau-père est mort. Aucun des deux ne pourra plus nous dire comment ça s'est passé.

En conclusion : Dipasquale serait le suspect numéro un. Mais ça ne me convainc guère.

Je t'embrasse, porte-toi bien.

Ton Salvo.

Il était en train de retirer le maillot pour aller se coucher quand lui vint, à l'improviste, le désir d'appeler Livia. Il l'appela en formant le numéro de son portable. Le téléphone sonna longuement mais personne ne répondait.

Comment était-ce possible ? Il était si grand que ça, le bateau de Massimiliano, que Livia ne l'entendait pas ? Ou bien, elle était trop occupée, trop prise par d'autres occupations pour répondre ?

Il allait couper, furieux, quand lui parvint la voix de Livia.

— Allô ? Qui est-ce ?

Comment ça, qui est-ce ? Elle pouvait pas le lire sur l'écran, le *display* ou comment ça s'appelait ce putain de truc ?

— Salvo, je suis.
— Ah, c'est toi !

Pas déçue. Indifférente.
— Qu'est-ce que tu faisais ?
— Je dormais.
— Où ?
— Sur le pont. Je me suis endormie sans m'en rendre compte. Tout est si tranquille, si beau...
— Où êtes-vous ?
— On se dirige vers la Sardaigne.
— Et Massimilano, où est-il ?
— Il était à côté de moi quand je me suis endormie. Maintenant je crois qu'il...

Il coupa la communication, débrancha l'appareil.

Il était à côté de moi quand je me suis endormie.

Et ce grandissime con de Massimiliano qu'est-ce qu'il faisait ? Il lui chantait une berceuse ?

Il alla se coucher les cheveux hérissés.

Et pour trouver le sommeil, il fallut la main de Dieu.

Ammatula, en vain, il était allé, au saut du lit, se prendre un bain, *ammatula*, il s'était mis sous la douche qui aurait dû être froide mais qui en fait était chaude parce que l'eau dans les réservoirs sur le toit était tellement bouillante qu'on aurait pu y faire cuire les pâtes, *ammatula*, il s'était vêtu le plus légèrement possible.

Dès qu'il eut mis le pied dehors, il avait dû admettre que tout serait inutile, la canicule était une bouffée de feu.

Se repliant chez lui, il glissa dans un sac de supermarché une chemise, un caleçon et des chaussettes d'une minceur de pelure d'oignon et partit.

Il arriva au commissariat la chemise trempée de sueur, et le caleçon qui ne faisait qu'un avec les poils du cul, tellement ils étaient collés.

Catarella essaya de se lever et de se mettre au garde-à-vous mais il n'y parvint pas, retomba sans force sur le siège.

— Ah, *dottori*, *dottori*, je meurs ! Le feu du diable, c'est !
— Courage !

Il alla s'enfermer dans les toilettes. Il se déshabilla, se lava, tira chemise, caleçon et chaussettes du sac, se les mit, laissa ses affaires trempées de sueur accrochées dans les toilettes et mit en route le micro-ventilateur.

— Catarella !

— J'arrive, *dottori*.

Il était en train de fermer les volets quand Catarella entra.

— À vos ordres, *dott*...

Il s'interrompit, s'appuya au bureau de la main gauche, se porta la main droite au front en fermant les yeux. On aurait dit un dessin dans un livre de récitations du XIXe siècle avec la légende : « Stupeur et Angoisse. »

— Bonne mère, bonne mère, bonne mère... psalmodiat-il.

— Tu te sens mal ?

— Bonne mère, *dottori*, quelle frousse ! La chaleur, elle m'a porté à la tête !

— Mais qu'est-ce que tu as ?

— Rin, *dottori*, parlez que les noreilles me fonctionnent très bien, y a que l'œil qui me détrompe !

Et il ne bougea pas de sa position, les paupières fermées, main sur le front.

— Écoute, dans les toilettes, il y a mes vêtements, je me suis changé.

— Vous vous êtes changé ?! s'exclama Catarella.

Il parut soulagé. Rouvrit les yeux, se leva la main du front, mata Montalbano comme s'il le voyait pour la première fois.

— Alors comme ça, vous vous êtes changé !

— Catarè, je me suis changé, c'est tellement extraordinaire ?

— Oh que non, *dottori*, j'ai été équivoqué ! Il se passa que moi je vous vis entrer habillé d'une façon et puis je vous vis habillé d'une autre façon et alors je pensai que j'hallucinationais en raison de la chaleur. Heureusement ce fut de par le fait que vous vous êtes changé !

— Écoute, va prendre mes affaires et mets-les à sécher dans la cour.

— Je m'en occupe tout de suite immédiatement.

En sortant, il allait fermer la porte mais le commissaire l'arrêta.

— Laisse ouvert, comme ça y a un peu de courants d'air.

La ligne directe sonna. C'était Mimì Augello.

— Comment va, Salvo ? Je t'ai cherché chez toi, tu ne répondais pas et puis j'ai pensé que toi, tu t'en tamponnais le coquillard du 15 août et alors...

— Tu as bien fait, Mimì. Comment va Bebba ? Le minot ?

— Tè, Salvo, m'en parle pas. Tu sais que depuis qu'on est arrivés ici le minot a toujours la fièvre ? Morale : on n'a pas réussi à se faire un jour de vacances. C'est juste hier que ça lui est passé, enfin. Moi, demain, je devrais reprendre le service...

— J'ai compris, Mimì. Pour moi, si tu veux rester là encore une simaine, tu peux.

— Vraiment ?

— Vraiment. Dis bonjour à Bebba de ma part et donne une bise à ton fils.

Cinq minutes plus tard, l'autre téléphone sonna.

— Ah, *dottori dottori* ! Il y a le monsieur le questeur lequel dit qu'il veut urgentement...

— Dis-lui que je suis pas là.

— Et où c'est que je lui dis que vous êtes allé ?

— Chez le dentiste.

— Vous avez la dent qui vous fait mal ?

— Non. Catarè, c'est l'excuse que tu dois lui dire.

Mais monsieur le questeur, il fallait qu'il casse les burnes même le 15 août ?

Tandis qu'il signait un peu de paperasses que Fazio lui avait signalées comme en retard de quelques mois, il advint qu'il leva les yeux. Dans le couloir, il vit Catarella en train de venir à son bureau. Mais qu'est-ce qu'il y avait d'étrange dans sa démarche ? Il se l'expliqua aussitôt après se l'être demandé.

Catarella, en marchant, dansait. Exactement ça, il dansait.

Il se tenait sur la pointe des pieds, les bras détachés du corps et de temps en temps, esquissait un demi-tour. Est-ce que par hasard la chaleur lui avait vraiment porté à la tête ? Quand il entra dans la pièce, le commissaire s'aperçut qu'il gardait les yeux clos. Oh, sainte mère, est-ce que par hasard, il était adevenu somnambule ?

— Catarella !

L'interpellé, qui était arrivé à la hauteur du bureau, ouvrit les yeux, ahuri.

Il avait le regard perdu.

— Eh ? fit-il

— Qu'est-ce qui te prend ?

— Ah *dottori dottori*, il arriva une petite qu'il en faut, des yeux, pour la mater ! Elle ressemble comme deux gouttes à la pauvre petite tuée ! Ma mère, qu'est-ce qu'elle est belle ! Jamais j'en vis une pareille !

Donc, ça avait été la Beauté, avec un B majuscule, qui avait rendu dansant le pas de Catarella et rêveur son regard.

— Fais-la entrer et avertis Fazio.

Il la vit arriver du fond du couloir.

Catarella la précédait légèrement plié en deux, tandis que de la main, il faisait un mouvement étrange comme s'il nettoyait le sol là où elle devait mettre les pieds. Ou peut-être lui déroulait-il un invisible tapis ?

Et au fur et à mesure que la petite s'avançait et qu'on distinguait de mieux en mieux les traits, les yeux, la couleur des cheveux, le commissaire se levait lentement, en se sentant submergé dans une espèce de très heureux Rien.

Tête d'or pâle
Aux yeux d'azur ciel
Qui t'a donné le charme
Pour que je ne sois plus moi ?

C'était un quatrain de Pessoa qui chantait en lui.

Il fit un effort, émergea du rien pour revenir dans son bureau.

Mais il y était parvenu en se donnant un coup bas, méchant, aussi douloureux que nécessaire :
Elle pourrait être ta fille.
— Je suis Adriana Morreale.
— Salvo Montalbano, je suis.
— Excusez-moi pour le retard, mais...
Elle avait une demi-heure de retard.
Ils se serrèrent la main. Celle du commissaire était un peu moite, celle d'Adriana sèche. Elle était toute fraîche, elle sentait le savon, non pas comme si elle venait du dehors mais comme si elle venait tout juste de sortir de la douche.
— Asseyez-vous. Catarella, tu as prévenu Fazio ?
— Eh ?
— Tu as prévenu Fazio ?
— Je m'en occupe tout de suite, *dottori*.
Il sortit la tête tournée vers l'arrière, à mater la petite jusqu'à la dernière seconde.
Montalbano en profita pour l'observer et elle se laissa observer.
Elle devait être habituée.
Jean collant à des jambes très longues, chemisier décolleté bleu, sandales. Un point en sa faveur : elle ne venait pas avec le nombril dehors. Et il était évident qu'elle ne portait pas de soutien-gorge. Pas un brin de maquillage, elle ne faisait rin pour être belle. Et qu'est-ce qu'elle pouvait faire de plus, du reste ?
En l'examinant, quelques différences avec sa sœur se remarquaient. Certes dues au fait qu'Adriana avait six ans de plus et que ça n'avait pas dû être des années faciles. Ses yeux étaient semblables par la forme et la couleur mais cette innocence resplendissante qu'il y avait dans le regard de Rina n'était plus dans celui d'Adriana. Et puis la jeunette qui se tenait devant lui avait une ridule au coin de la bouche.
— Vous vivez avec vos parents à Vigàta ?
— Non. J'ai vite compris que ma présence représentait une souffrance pour eux. Ils voyaient en moi ma sœur qui n'était plus. Alors, quand je me suis inscrite à l'université,

je fais médecine, j'ai acheté un appartement à Palerme. Mais je reviens souvent, je n'aime pas les laisser seuls longtemps.

— Vous êtes en quelle année ?

— Je me suis inscrite à la troisième.

Fazio entra et, quoique ayant été averti par Catarella, il écarquilla les yeux dès qu'il la vit.

— Je m'appelle Fazio.

— Je suis Adriana Morreale.

— Il vaut peut-être mieux que je ferme la porte.

D'ici cinq minutes, dès que la rumeur de la beauté de la petite se serait répandue, le couloir deviendrait plus fréquenté qu'une rue de la ville à l'heure de pointe.

Fazio ferma et s'assit sur l'autre chaise devant le bureau. Mais comme ça, il se retrouvait face à face avec la petite. Il préféra se retirer en arrière jusqu'à ce qu'il soit à côté du bureau, un peu en avant, par respect pour Montalbano.

— Excusez-moi de ne pas vous avoir laissé venir chez nous, commissaire.

— Mais je vous en prie ! Je comprends très bien !

— Merci. Posez-moi toutes les questions que vous voulez.

— C'est à vous, comme nous a dit le *dottor* Tommaseo, qu'est revenue la douloureuse tâche de la reconnaissance du corps. Je regrette, croyez-moi, mais mon travail va m'obliger, et je m'en excuse par avance, à vous poser des questions que...

Et ce fut alors qu'Adriana fit une chose à laquelle ni Fazio ni Montalbano ne s'attendaient. Elle renversa la tête en arrière et se mit à rire.

— Mon Dieu, mais vous parlez de la même façon ! Tommaseo et vous parlez de la même façon ! Presque avec les mêmes mots ! On vous fait suivre un cours spécial ?

Montalbano se sentit à la fois vexé et libéré. Vexé d'avoir été comparé à Tommaseo et libéré parce qu'il avait compris que cette jeune fille n'aimait pas le formalisme, ça la faisait rire.

— Je vous ai dit, poursuivit Adriana, de me poser toutes les questions que vous voulez. Faites-le sans marcher sur des œufs. Après tout, ça ne me paraît pas être votre genre.

Fazio aussi fit une tête soulagée.

— Vous, au contraire de vos parents, vous l'avez toujours imaginé que votre sœur était morte, n'est-ce pas ?

Adriana le fixa d'un air admiratif.

— Oui, mais je ne l'ai pas imaginé. Je le savais.

Montalbano et Fazio firent, en même temps, un léger saut sur leur chaise.

— Comment ça, vous le saviez ? Qui vous l'a dit ?

— De vive voix, personne.

— Et comment, alors ?

— C'est mon corps qui me l'a dit. Et j'ai habitué mon corps à ne jamais me mentir.

TREIZE

Mais qu'est-ce qu'elle voulait dire ?
— Vous pourriez m'expliquer comment il se fait que...
— Ce n'est pas facile. C'est dû au fait que nous étions jumelles monozygotes. Un phénomène difficile à expliquer qui nous arrivait quelquefois. Une sorte de confuse communication émotive à distance.
— Vous pouvez m'en dire davantage ?
— Bien sûr. Mais je veux tout de suite clarifier quelque chose : il ne s'agissait pas d'un phénomène du genre si l'une d'entre nous s'écorchait le genou, l'autre, même lointaine, sentait une douleur au même genou. Rien de tout cela. Il s'agissait au maximum de la transmission d'une forte émotion. Un jour, notre grand-mère est morte, Rina était présente, moi, j'étais à Fela, je jouais avec des cousins à moi. Eh bien, je fus assaillie à l'improviste par une telle tristesse que j'éclatai en sanglots sans motif apparent. Rina m'avait transmis sa situation émotive à ce moment.
— Ça arrivait toujours ?
— Pas toujours.
— Où étiez-vous le jour où votre sœur n'est pas rentrée à la maison ?
— J'étais partie, justement la journée du 12, pour aller à Montelusa chez mon oncle et ma tante. Je devais rester

avec eux deux ou trois jours mais je suis rentrée le soir même, tard, quand papa a téléphoné pour dire que Rina avait disparu.

— Écoutez... dans l'après-midi ou le soir du 12... il y a eu entre votre sœur et vous... en somme, cette communication...

Montalbano n'arrivait pas à bien formuler la question. Adriana vint à son secours.

— Oui, il y en a eu une. À 19 h 30. J'ai regardé instinctivement ma montre.

Montalbano et Fazio se regardèrent.

— Qu'est-ce qui s'est passé ?

— J'avais une petite chambre à moi chez mon oncle et ma tante, j'étais seule, j'étais en train de choisir comment m'habiller parce que le soir, nous étions invités à dîner chez des amis... Tout à coup, j'ai éprouvé une sensation non pas comme les autres fois, mais quelque chose de physique. Elle a été étranglée, non ?

Elle était tombée pas loin.

— Pas précisément. Que vous a dit le *dottor* Tommaseo ?

— Le *dottor* Tommaseo nous a dit qu'elle a été assassinée, mais sans préciser comment. Il a dit aussi où elle a été retrouvée.

— Quand vous êtes allée à la morgue pour la reconnaissance...

— J'ai demandé qu'on me fasse voir seulement les pieds. Ça me suffisait. Elle avait le gros orteil droit...

— Je sais. Mais après, vous n'avez pas demandé au *dottor* Tommaseo comment elle était morte ?

— Écoutez, commissaire, mon unique pensée après la reconnaissance a été de me libérer au plus vite du *dottor* Tommaseo. Il a commencé à me consoler en me donnant de petites tapes dans le dos puis sa main a glissé plus bas, trop. Par nature, je ne suis pas portée à jouer les vierges intouchables, pas du tout... Mais cet homme m'a vraiment embêtée. Qu'est-ce qu'il aurait dû me dire ?

— Que votre sœur a été égorgée.

Adriana blêmit et se porta une main à la gorge.

— Mon Dieu ! murmura-t-elle.

— Vous pouvez me dire ce que vous avez senti ?
— Une violente douleur à la gorge. Pendant une minute, qui m'a paru éternelle, je n'ai plus pu respirer. Mais sur le moment, je n'ai pas pensé que cette douleur se rapportait à quelque chose qui était en train d'arriver à ma sœur.
— À quoi pensez-vous qu'elle se rapportait ?
— Voyez-vous, commissaire, Rina et moi étions identiques. Mais au physique, seulement. En revanche, par la façon de penser, d'agir, nous étions très différentes. Voilà, Rina n'aurait jamais commis une transgression, même petite, même minime. Moi, si. J'aimais déjà transgresser. C'est pour ça que je m'étais mise à fumer en cachette. Cette fois-là, en gardant la fenêtre de la chambre ouverte, je m'étais déjà fumé trois cigarettes l'une après l'autre. Comme ça, juste pour le plaisir de le faire. J'ai donc naturellement pensé que cette douleur avait été provoquée par la fumée.
— Et quand est-ce, en fait, que vous vous êtes rendu compte qu'il s'agissait de votre sœur ?
— Tout de suite après.
— Pourquoi ?
— Je l'ai relié à un autre événement qui m'était arrivé quelques minutes plus tôt.
— Vous pouvez me le dire ?
— Je préférerais pas.
— Vous avez ensuite raconté à vos parents... ce contact avec votre sœur ?
— Non. C'est la première fois que j'en parle.
— Pourquoi est-ce que vous ne leur avez pas dit ?
— Parce que c'était un secret entre Rina et moi. Nous avions juré de ne le dire à personne.
— Votre sœur et vous, vous vous faisiez confiance ?
— Il ne pouvait pas en être autrement.
— Vous vous disiez tout ?
— Tout.
Maintenant venaient les questions les plus difficiles.
— Vous voulez que je vous fasse apporter quelque chose du bar ?
— Non, merci. On peut continuer.

— Vous ne devez pas rentrer chez vous ? Vos parents sont seuls ?

— Merci, mais ne vous inquiétez pas. J'ai appelé une amie à moi qui est infirmière. Je les sais en de bonnes mains.

— Rina vous a dit s'il y avait quelqu'un, les derniers temps, qui l'embêtait ?

Adriana fit comme un peu plus tôt. Elle lança la tête en arrière et se mit à rire.

— Commissaire, vous voulez bien me croire ? Il n'y a pas eu un seul homme, à partir de treize ans, qui ne nous ait pas embêtées, comme vous dites. Moi, ça m'amusait, mais Rina ou ça la mettait très mal ou elle se mettait très en colère.

— Il y a eu un épisode particulier dont on nous a parlé et sur lequel nous voudrions un peu plus d'informations.

— J'ai compris. Vous parlez de Ralf.

— Elle le connaissait ?

— Évidemment ! Pendant qu'on construisait la villa de son beau-père, il se présentait à notre maison de Pizzo un jour sur deux.

— Qu'est-ce qu'il faisait ?

— Donc, il arrivait et se cachait, en attendant que nos parents aillent au village ou descendent à la plage. Puis, quand nous nous levions, il venait nous épier par la fenêtre pendant notre petit déjeuner. Moi, ça m'amusait, certaines fois je lui jetais des bouts de pain comme à un chien. Il aimait bien ce jeu. Rina ne pouvait pas le supporter.

— Il avait toute sa tête ?

— Vous voulez rire ? Il était fou à lier. Un jour, il s'est passé quelque chose de plus sérieux. J'étais seule à la maison. La douche du premier étage ne fonctionnait pas. Alors, j'allai dans celle du rez-de-chaussée. Quand je sortis, je me le trouvai devant moi complètement nu. Il m'a regardée avec des yeux de chien battu et m'a priée de lui donner un baiser.

— Qu'est-ce qu'il vous a dit ?

— S'il te plaît, tu me donnes un baiser ?

— Vous n'avez pas eu peur ?
— Non. Ce qui me fait peur, c'est pas ça.
— Comment ça s'est terminé ?
— J'ai pensé que la meilleure solution était de le contenter. Je lui donnai un baiser. Léger, mais sur la bouche. Lui, il me posa une main sur la poitrine, me la caressa puis baissa la tête et s'écroula sur une chaise. Moi, je montai à l'étage, m'habillai et quand je redescendis, il n'était plus là.
— Vous n'avez pas pensé qu'il aurait pu vous violer ?
— Pas un instant.
— Pourquoi ?
— Parce que je m'étais rendu compte tout de suite qu'il était totalement impuissant. Ne serait-ce qu'au regard qu'il m'adressait. J'en ai eu la confirmation quand je lui ai donné un baiser et quand il m'a caressée. Il n'a pas eu, comment dire, la moindre réaction évidente.

Distinctement, le commissaire entendit dedans ses oreilles le bruit de toutes ses suppositions qui s'écroulaient avec fracas en morceaux. Ralf qui obligeait la petite à entrer dans l'appartement du dessous, qui la violait, qui la tuait et ensuite se tuait lui aussi ou était contraint de se tuer...

Il échangea un coup d'œil désolé avec Fazio. Lui aussi semblait perdu.

Puis il considéra avec admiration Adriana : combien en avait-il rencontré de petites qui savaient dire les choses avec autant de franchise ?

— Cette histoire, vous l'avez racontée à Rina ?
— Bien sûr.
— Alors, pourquoi a-t-elle réagi en s'enfuyant quand Ralf a tenté de lui donner un baiser ? Elle ne savait pas qu'il était inoffensif ?
— Commissaire, je vous l'ai déjà dit que de ce point de vue, nous étions différentes. Rina n'a pas eu peur, mais elle s'est sentie profondément offensée. Elle s'est enfuie pour ça.
— On m'a dit que le géomètre Spitaleri...
— Oui, il passait à ce moment en voiture. Il a vu Rina qui s'enfuyait et Ralf nu qui la poursuivait. Il s'est arrêté, est descendu de son auto et a donné un grand coup de

poing à Ralf, le faisant tomber à terre. Puis il a sorti de sa poche un couteau et lui a dit que s'il embêtait encore ma sœur, il le tuerait.

— Et puis ?
— Il l'a fait monter en voiture et l'a accompagnée à la maison.
— Il s'est attardé ?
— Rina m'a dit qu'elle lui a offert un café.
— Vous savez si Spitaleri et votre sœur se sont revus d'autres fois ?
— Oui.

À ce moment, le téléphone sonna.

— Ah, *dottori, dottori* ! Le monsieur et questeur y veut vous parler subitement urgentement en personne personnellement.
— Mais pourquoi tu ne lui as pas dit que j'étais encore chez le dentiste ?
— Moi, je la fis la tentation de lui dire que vous étiez encore dehors mais le monsieur et questeur, il me dit de pas lui dire que vous étiez encore chez le dentiste et alors je lui dis que vosseigneurie était présente en personne.
— Passe-moi le coup de fil au bureau d'Augello.

Il se leva.

— Il faut m'excuser, Adriana. Je fais le plus vite possible. Fazio, viens avec moi.

Dans le bureau de Mimì, où le matin le soleil tapait, on s'étouffait.

— Allô ? Je vous écoute, monsieur le questeur.
— Montalbano ! Mais vous vous rendez compte ?
— De quoi ?
— Comment, vous ne vous rendez même pas compte ?
— De quoi ?
— Vous n'avez même pas daigné répondre !
— À quoi ?
— Au questionnaire !
— Sur quoi ?

Prononcer la moindre syllabe en plus lui était difficile.

— Au questionnaire sur le personnel que je vous ai envoyé il y a une quinzaine de jours ! C'était très urgent !

— Rempli et renvoyé.
— À moi ?!
— Oui.
— Quand ?
— Il y a six jours.
Énorme menterie.
— Vous en avez fait une copie ?
— Oui.
— Si je ne trouve pas vos réponses, je vous préviens, et vous me renvoyez tout de suite la copie.
— Oui.
Il raccrocha qu'il avait la chemise trempée.
— Ça te dit quelque chose, un questionnaire sur le personnel que le questeur nous a envoyé il y a une quinzaine de jours ?
— Oh que oui. Je me souviens de vous l'avoir donné.
— Et putain, où est-ce qu'il est passé ? Il faut le trouver et le remplir, ce type, il est capable de nous rappeler dans une demi-heure. Allons le chercher.
— Mais dans votre bureau, il y a la petite.
— Ça veut dire qu'il faut que je la renvoie à la maison.
La jeune fille se trouvait dans la position où ils l'avaient laissée, elle semblait ne pas avoir bougé.
— Écoutez, Adriana, malheureusement, on a un contretemps. On peut se revoir cet après-midi ?
— Je dois être chez moi avant 17 heures, l'infirmière s'en va.
— Disons demain matin ?
— Il y a l'enterrement.
— Ah, alors, je ne sais pas comment...
— Je vous fais une proposition : je vous invite à déjeuner. Comme ça, on peut continuer à parler. Si ça vous va...
— Je vous remercie, mais moi, je dois rentrer chez moi, vous savez, c'est le 15 août, dit Fazio.
— Moi, en revanche, j'accepte volontiers, dit Montalbano. Où est-ce que vous m'emmenez ?
— Où vous voulez.
Montalbano n'en croyait pas ses oreilles. Ils se donnèrent rendez-vous chez Enzo à une heure et demie.

— Cette minote en a une paire blindée, murmura Fazio tandis qu'elle sortait.

Restés seuls, Montalbano et Fazio jetèrent un regard circulaire sur la pièce et sentirent leur courage faiblir. Le bureau était complètement recouvert de papiers et de piles de papiers, il y en avait sur le meuble avec la bouteille d'eau et le verre, sur un classeur et jusque sur le canapé et les deux fauteuils pour l'hôte d'honneur.

Ils suèrent d'abondance et mirent une bonne demi-heure pour retrouver le questionnaire. Mais ce n'était encore rien : ils suèrent encore plus à répondre.

Quand ils eurent fini, il était 1 heure passée. Fazio salua et s'en alla.

— Catarella!
— Ici, je suis.
— Fais-moi la photocopie de ces quatre pages. Puis, si par hasard querqu'un téléphone de la part du questeur pour un questionnaire, envoie-lui la photocopie que tu as faite. Attention, hein, j'ai bien dit : la photocopie!
— N'en doutassez point, *dottori*.
— Prends-moi les vêtements que tu avais mis à sécher et apporte-les-moi. Après, va ouvrir les portières de ma voiture.

Il se déshabilla aux toilettes et eut l'impression que sa peau puait. Ce devait être cette maudite recherche du questionnaire. Il se lava longuement, se changea, donna ses vêtements humides de sueur à Catarella pour qu'il les mette dans la cour et alla dans le bureau d'Augello. Il savait que Mimì conservait dans un tiroir un flacon de parfum. Il le chercha, l'atrouva. Ça s'appelait « Irrésistible ». Il dévissa le capuchon, pinsa que le flacon avait un compte-gouttes et en fait, finit par se renverser un demi-flacon sur sa chemise et son caleçon. Et maintenant, que faire ? Se remettre les vêtements sales ? Non, peut-être qu'au grand air, le parfum s'évaporerait. Puis il fut pris d'un doute : est-ce qu'il devait emmener ou pas le micro-ventilateur ? Il adécida que non. Il aurait sûrement l'air ridicule aux yeux d'Adriana avec le micro-ventilateur devant le visage, parfumé comme une pute.

Bien qu'il eût fait ouvrir les portières, monter en voiture fut comme entrer dans un four. Mais il ne se sentait pas d'aller à pied chez Enzo, avant tout parce qu'il serait arrivé en retard.

Devant la trattoria fermée, sous un soleil à briser les pierres, Adriana était debout à côté d'une Punto. Il s'était oublié qu'Enzo fêtait le 15 août.

— Suivez-moi, dit la petite.

Près du bar de Marinella, il y avait une trattoria où il n'était jamais allé. Mais en passant devant en voiture, il s'était aperçu que les tables dehors étaient toujours à l'ombre, protégées par une pergola très épaisse. Ils y arrivèrent en dix minutes. Malgré le jour de fête, il n'y avait pas beaucoup de monde et ils purent choisir une table à l'écart.

— Vous vous êtes changé et parfumé pour moi ? demanda Adriana, malicieuse.

— Non. Et quant au parfum, le flacon s'est renversé sur moi, arépondit-il, mauvais.

Il aurait mieux valu peut-être qu'il garde sa puanteur de transpiration.

Ils gardèrent le silence jusqu'à ce qu'apparaisse le garçon qui acommença à réciter sa litanie.

— Et nous avons des spaghetti à la tomate, des spaghetti au noir de seiche, des spaghetti aux oursins, des spaghetti aux praires, des spaghetti...

— Pour moi, aux praires, l'interrompit Montalbano. Et pour vous ?

— Aux oursins.

Le garçon reprit une litanie différente.

— En deuxième plat, il y aura des rougets au sel, des dorades au four, du lieu avec une petite sauce, du turbot grillé...

— Vous nous direz ça après, dit Montalbano.

Le serveur parut offensé. Il revint au bout d'un petit moment avec les couverts, les verres, l'eau et le vin. Blanc et glacé.

— Vous en voulez ?
— Oui.
Montalbano lui remplit un demi-verre et fit de même avec le sien.
— Bon, dit-elle.
— Vous savez que je ne me souviens plus où nous en étions restés ?
— Vous m'aviez demandé si Spitaleri et Rina s'étaient vus d'autres fois et moi je vous avais répondu que oui.
— Ah, voilà. Qu'est-ce qu'elle vous a dit, votre sœur ?
— Que Spitaleri, depuis ce jour avec Ralf, lui collait un peu trop.
— En quel sens ?
— Rina avait l'impression que Spitaleri l'épiait. Elle tombait trop souvent sur lui. Si par exemple elle prenait le car pour aller au village, au moment de rentrer, Spitaleri apparaissait pour lui offrir de la ramener. Ça jusqu'à une semaine avant.
— Avant quoi ?
— Le 12 octobre.
— Et Rina se faisait raccompagner ?
— Quelques fois.
— Spitaleri se comportait toujours bien ?
— Oui.
— Et qu'est-ce qui s'est passé une semaine avant la disparition de votre sœur ?
— Une chose déplorable. C'était le soir, il faisait nuit, et Rina accepta qu'il la raccompagne. Mais dès qu'ils eurent pris la petite route pour Pizzo, à la hauteur de la bicoque où habite ce paysan qui a été arrêté par la suite, Spitaleri arrêta l'auto et commença à la tripoter. Comme ça, tout à coup, m'a raconté Rina.
— Qu'est-ce qu'elle a fait, votre sœur ?
— Elle a poussé un tel hurlement que le paysan est sorti en courant de sa maison. Rina en a profité pour se réfugier chez lui et Spitaleri dut repartir.
— Comment elle a fait pour rentrer à la maison, Rina.
— À pied. Le paysan l'a accompagnée.
— Vous avez dit qu'on l'a arrêté ?

— Oui, le pauvre vieux. Quand les recherches ont commencé, la police alla aussi chez lui. Et pour son malheur, ils ont trouvé, sous un meuble, une boucle d'oreille de ma sœur. Rina pensait qu'elle était tombée dans la voiture de Spitaleri, en fait elle l'avait perdue là. Et alors, je me suis décidée à raconter ce qui s'était passé avec Spitaleri. Mais il n'y a pas eu moyen, vous savez comment elle est, la police ?

— Oui, je sais comment elle est.

— Ce malheureux fut persécuté pendant des mois.

— Vous pouvez me dire s'ils ont interrogé Spitaleri ?

— Bien sûr. Mais Spitaleri a expliqué que le matin du 12, il était parti pour Bangkok. Ça ne pouvait pas être lui.

Le serveur arriva avec les spaghetti.

Adriana se porta la première bouchée aux lèvres, savoura, dit :

— C'est bon. Vous voulez goûter ?

— Pourquoi pas ?

Montalbano tendit la main armée d'une fourchette, enroula les spaghetti. Ils n'étaient pas comparables à ceux d'Enzo, mais suffisamment mangeables.

— Goûtez les miens.

Adriana fit comme Montalbano et les goûta.

Ils ne parlèrent pas jusqu'à ce qu'ils aient fini. De temps en temps, ils se regardaient et se souriaient.

Il s'était passé quelque chose d'étrange. Peut-être ce geste, de mettre sa fourchette dans le plat de l'autre, avait-il établi entre eux une espèce de confiance, d'intimité qui n'était pas là auparavant.

QUATORZE

Ça faisait un moment qu'ils avaient fini de manger, mais ils ne parlaient pas, ils restaient là à se boire un limoncello digestif et maintenant Montalbano se sentait observé par elle, comme lui l'avait fait au commissariat.

Pour se donner une contenance, parce qu'il était très difficile de faire mine de rien avec ces yeux couleur de haute mer pointés sur soi, il alluma une cigarette.

— Vous m'en donnez une aussi à moi ?

Il lui tendit le paquet, elle prit la cigarette, se la glissa entre les lèvres et se leva à moitié, se penchant en avant pour l'allumer au briquet tenu par le commissaire.

Pense toujours qu'elle pourrait être ta fille ! se commanda Montalbano.

Ce qu'il était en train de voir à cause de la position de la petite lui provoqua véritablement le tournis. Et sous ses moustaches la peau se trempa de sueur.

Elle ne pouvait pas ignorer qu'en se mettant ainsi, il serait obligé de mater dans le décolleté. Alors, pourquoi l'avait-elle fait ? Pour le provoquer ? Mais Adriana ne paraissait pas du genre à concocter ce genre de manœuvre.

Ou bien elle l'avait fait en pinsant que, désormais, elle était arrivée à un âge dans lequel on ne faisait plus guère attention aux filles ? Oui, ça devait être ça.

Il n'eut pas le temps de se laisser prendre par la mélancolie que la petite, ayant tiré deux bouffées, tout à coup posait une main sur la sienne.

Étant donné qu'Adriana ne semblait en rien avoir chaud, elle paraissait même fraîche comme la classique rose, le commissaire s'étonna d'éprouver un contact si brûlant. Était-ce la somme des deux chaleurs, la sienne et celle d'Adriana, qui augmentait la température ? Et si c'était pas comme ça, en dedans d'elle, à combien de degrés lui battait le sang ?

— Elle a été violée, pas vrai ?

C'était la question à laquelle Montalbano s'attendait depuis un moment, en la redoutant. Il s'était priparé une belle réponse argumentée qu'il avait maintenant complètement oubliée.

— Non.

Pourquoi est-ce qu'il avait arépondu comme ça ? Pour ne pas voir d'un coup s'éteindre la lumière de la beauté ?

— Vous ne me dites pas la vérité.

— Croyez-moi, Adriana, l'autopsie a révélé qu'elle...

— ... était vierge ?

— Oui.

— C'est pire, dit-elle.

— Pourquoi ?

— Parce que, alors, la violence a été plus terrible.

La pression de sa main, maintenant embrasée, se fit plus forte.

— On peut se tutoyer ? lui demanda-t-elle.

— Si vous... si tu veux...

— Je veux te confier quelque chose.

Elle lui lâcha la main, qui d'un coup se sentit toute refroidie, se leva, prit la chaise, la mit à côté de celle de Montalbano, s'assit. Maintenant, elle pouvait parler à voix basse, murmurer.

— Violentée, elle l'a été, j'en suis certaine. Quand nous étions au commissariat, je n'ai pas voulu le dire en la présence de cet autre homme. Avec toi, c'est différent.

— Tu m'as laissé entendre que quelques minutes avant la douleur à la gorge, tu avais senti autre chose.

— Oui. Une sensation de panique absolue, totale. Une sorte d'égarement vraiment existentiel. Ça ne m'était jamais arrivé.

— Explique-toi mieux.

— Tout à coup, alors que j'étais debout près de l'armoire à glace, j'ai vu le reflet de ma sœur. Elle était bouleversée, atterrée. Un instant après, je me suis sentie catapultée dans une obscurité totale, épouvantable. Je percevais autour de moi une pièce sombre, gluante, privée d'air, mauvaise. Un lieu, ou plutôt un non-lieu, où toutes les horreurs, toutes les infamies étaient possibles. Je voulais hurler, mais ma voix ne contenait aucun son. Comme il arrive dans les cauchemars. Je sais que pendant quelques secondes, je suis devenue aveugle, je chancelai dans le vide les bras en avant, les jambes se dérobèrent, je m'appuyai avec les mains au mur pour ne pas tomber. Et ce fut alors que...

Elle s'arrêta, Montalbano n'ouvrit pas la bouche, ne bougea pas. Sauf que la sueur maintenant acommençait à lui couler du front.

— ... ce fut alors que je me sentis volée.

— Comment ça ? ne put s'empêcher de demander le commissaire.

— Volée à moi-même. Difficile de rendre avec des mots. Avec violence, avec férocité, quelqu'un était en train de posséder mon corps disjoint de moi pour l'offenser, pour l'humilier, pour l'annuler, une chose...

La voix se brisa.

— Assez, dit Montalbano.

Et il lui prit la main entre les siennes.

— Ça a été comme ça ? lui demanda-t-elle.

— Nous croyons que oui.

Mais comment se faisait-il qu'elle ne pleurait pas ? Ses yeux étaient devenus bleu nuit, le pli au coin de la bouche plus profond, mais elle ne pleurait pas.

Qu'est-ce qui lui donnait toute cette force, cette dureté intérieure ? Peut-être le fait qu'elle avait appris la mort de Rina au moment même où sa sœur mourait, alors que son père et sa mère avaient continué à espérer que leur fille était vivante.

Et durant toutes ces années de douleur, les pleurs, les larmes s'étaient transformés en une espèce de masse solide, en un amas rocheux qui ne pouvait plus se dissoudre dans un geste de pitié envers Rina ou envers elle-même.

— Il y a un instant, tu m'as dit avoir vu l'image de ta sœur reflétée dans le miroir. Qu'est-ce que ça veut dire ?

Elle eut une toute petite esquisse de sourire.

— Ça a commencé comme un jeu, nous avions cinq ans. Nous étions devant un miroir et on s'est mises à parler. Mais pas directement, chacune de nous s'adressait au reflet de l'autre. Puis on a continué en grandissant. Quand nous avions quelque chose de sérieux ou de secret à nous dire, nous nous mettions devant le miroir.

Et puis la petite appuya un instant sa tête sur l'épaule du commissaire. Et il comprit que ce n'était pas pour chercher du réconfort mais pour alléger la fatigue profonde qu'elle devait éprouver après avoir parlé avec un étranger de choses si intimes.

Puis elle se leva, regarda sa montre.

— Il est trois heures et demie. On y va ?

— Comme tu veux.

Mais elle n'avait pas dit qu'elle pouvait rester dehors jusqu'à 17 heures.

Montalbano se leva, un peu déçu, le serveur se précipita avec l'addition.

— C'est moi qui paie, dit Adriana.

Et elle tira l'argent qu'elle gardait dans la poche du jean.

Mais arrivés à la placette où ils s'étaient garés, elle ne fit pas mine d'ouvrir la portière de sa voiture. Montalbano la regarda d'un air ahuri.

— On y va avec la tienne.

— Où ?

— Si tu m'as comprise, tu as compris aussi où je veux aller. Pas besoin que je te le dise.

Bien sûr qu'il avait compris. Il avait très bien compris. Mais il jouait au soldat qui ne veut pas partir en guerre.

— Tu crois que c'est opportun ?
Elle n'arépondit pas, continua de le mater.
Et Montalbano se rendit compte qu'il ne saurait pas lui refuser. Le soldat s'en irait à la guerre, rien à faire. Et puis le soleil cognait sur la tête, impossible de rester une minute de plus dans cet endroit à découvert.
— Bon, d'accord. Monte.
Monter dans la voiture fut comme de s'étendre sur un gril.
Tout le temps du voyage, elle resta la tête appuyée en arrière, les yeux clos.
Le commissaire, lui, était torturé par une question : est-ce qu'il n'était pas en train de faire une énorme connerie ? Pourquoi avait-il accepté ? Seulement parce que sur la placette, la canicule ne permettait pas de discuter ? Mais ça, c'était l'excuse qu'il s'était donnée sur le moment. La virité était que lui, ça lui faisait très plaisir d'aider cette fille qui...
...*pourrait être ta fille !* l'interrompit sa conscience.
Toi, ne m'interromps pas ! répliqua Montalbano furieux. *J'étais en train de penser à quelque chose de complètement différent, à savoir que cette pauvre petite se porte sur le dos depuis six ans un poids énorme, la perception précise de ce qui est arrivé à sa sœur et que seulement maintenant elle trouve la force de raconter, pour s'en libérer. C'est juste de l'aider.*
T'es un hypocrite pire que Tommaseo, lança la voix de la conscience.
À l'instant où il tournait pour prendre la route de terre pour Pizzo, Adriana ouvrit les yeux.
Comme ils allaient passer devant sa maison, la jeune fille dit :
— Arrête-toi.
Elle ne descendit pas, resta à regarder par la glace.
— Depuis, nous n'y sommes plus retournés. Je sais que papa, de temps en temps, y envoie une femme pour nettoyer et ranger mais nous n'avons plus eu le courage d'y venir l'été, comme on faisait avant. On peut partir.
Devant la villa, Montalbano n'avait pas encore tout à fait arrêté la voiture que la fille ouvrait la portière.
— Tu dois vraiment le faire, Adriana ?

— Oui.

Il laissa la voiture ouverte, les clés au contact. De toute façon, on ne voyait pas âme qui vive.

Mais à peine descendue, Adriana lui prit la main, la leva à la hauteur de sa bouche, posa un instant les lèvres sur le dos et continua à la tenir serrée. Il la guida vers le côté de la villa par où on accédait au niveau abusif. La Scientifique avait mis deux planches de bois pour faciliter la descente. La fenêtre de la petite salle de bains était traversée de rubans de plastique comme ceux qu'on utilise pour les travaux de voirie. À un de ces rubans pendait une feuille avec tampons et signatures. C'était le scellé. Le commissaire leva le tout et entra le premier en disant à la petite de l'attendre. Il alluma la torche qu'il avait apportée et parcourut toutes les pièces. Ce tour de quelques minutes lui suffit pour se retrouver détrempé de sueur. Là-dedans, il y avait une humidité gluante qui donnait une 'mpression de saleté, l'air dense et renfermé brûlait les yeux et la gorge.

Puis il aida la jeune fille à enjamber le rebord.

Dès qu'il fut dedans, Adriana lui prit la torche des mains et commença à marcher en se dirigeant à coup sûr vers le salon.

Comme si elle y avait déjà été, pinsa, stupéfait, le commissaire tandis qu'il la suivait.

Puis Adriana s'arrêta juste sur le seuil du salon et fit passer la lumière de la torche sur les parois, les montants enveloppés de Cellophane, la malle. On eût dit qu'elle avait oublié Montalbano. Elle ne parlait pas mais avait le souffle court...

— Adriana...

La petite ne l'entendit pas, continua sa descente personnelle aux enfers.

Maintenant, elle avait commencé à marcher, mais d'un pas lent et hésitant. Elle alla un peu à main gauche, vers la malle puis se tourna et à droite, fit trois pas en avant et s'arrêta.

Et ce fut pendant qu'elle opérait ce mouvement que Montalbano, qui s'était retrouvé quasiment devant elle, s'aperçut qu'elle avait les yeux fermés. Elle cherchait un endroit précis mais pas avec la vue, par un autre sens inconnu qu'elle seule devait posséder.

Arrivée à gauche de la porte-fenêtre, elle s'appuya de la main au mur, tenant les bras écartés.

Sainte mère ! se dit Montalbano, effrayé.

Est-ce qu'il était en train d'assister à une sorte de répétition de ce qui était arrivé là-dedans ? Se pouvait-il qu'Adriana fût comme possédée par Rina ?

Tout à coup, la torche tomba à terre. Heureusement, elle ne s'éteignit pas.

Adriana était exactement à l'endroit où la Scientifique avait localisé la mare de sang, le corps secoué d'un tremblement continu.

Ce n'est pas possible, ce n'est pas possible ! se dit Montalbano.

Toute sa raison s'arefusait de croire à ce qu'il voyait.

Et puis il entendit un son qui le paralysa. Pas des pleurs, mais une plainte. Une plainte d'animal blessé à mort, longue, continue, basse. Elle venait d'Adriana.

Montalbano s'élança, se baissa, prit la torche, agrippa la fille par les flancs, la tira en arrière. Mais elle résistait, comme si elle avait les mains collées au mur. Alors le commissaire se glissa entre ses bras à elle et le mur, lui braqua la lumière de la torche dans le visage, mais la petite gardait les yeux fermés.

De sa bouche tordue et entrouverte continuaient à lui sortir la plainte et un filet de bave. Bouleversé, il la gifla, deux fortes baffes d'une seule main, un aller-retour.

Adriana ouvrit les yeux, le fixa, l'embrassa de toutes ses forces, son corps collé à celui de l'homme, le plaqua contre le mur, l'embrassa en lui mordant les lèvres. Et tandis que Montalbano sentait la terre lui manquer sous les pieds et s'agrippait à elle comme pour ne pas tomber, le baiser continua encore longtemps.

Puis la petite le lâcha, se tourna et se mit à courir jusqu'à la fenêtre de la salle de bains, l'enjamba, Montalbano la suivit sans pouvoir remettre les scellés.

Adriana arriva à la voiture du commissaire, monta au volant, mit le contact. Montalbano eut à peine le temps d'entrer de l'autre côté que la voiture partit.

Devant sa maison, Adriana s'arrêta, descendit, courut à la porte, fouilla sa poche, atrouva la clé, ouvrit, entra laissant la porte ouverte.

Quand Montalbano arriva à l'intérieur, elle n'était plus là.

Que devait-il faire ? Il l'entendit vomir quelque part.

Alors il sortit, fit lentement le tour de la maison. Le silence était total. Ou mieux, à part les milliers de cigales, pour le reste le silence était total. Une fois, il devait y avoir eu, derrière la maison, un champ de blé. Il en restait une meule de paille, haute et serrée.

Sous une touffe d'herbe sauvage jaunie, un passereau se roulait sur le terreau, se nettoyant ainsi en l'absence d'eau.

Il lui vint envie de faire de même, il ressentait la nécessité de se laver lui aussi de toute la saleté qui lui avait collé à la peau tandis qu'il se trouvait sous terre.

Alors, presque sans s'en rendre compte, il fit une chose qu'il faisait quand il était petit. Il retira chemise, pantalon, caleçon. Et, nu, fit adhérer son corps à la meule.

Puis il ouvrit au maximum les bras, l'embrassa cherchant d'y enfoncer sa tête le plus possible. Et cependant il se frayait son chemin dans la meule de tout le poids de son corps en avant, le déplaçant tantôt à droite tantôt à gauche. Et enfin, il acommença à sentir une odeur sèche et propre de paille desséchée, l'aspira à fond, encore plus à fond, jusqu'à percevoir un parfum qui sûrement existait dans son imagination, celle du vent de mer qui avait aréussi à se glisser dans l'entremêlement compact du chaume et qui y était resté emprisonné. Un vent de mer qui avait un arrière-goût amer, comme brûlé par la bouffée de chaleur d'août.

Tout à coup, la moitié de la meule s'écroula sur lui, le recouvrit.

Et il resta comme ça, immobile, se sentant nettoyé par tous les brins de paille collés à sa peau.

Une fois, minot, il avait fait la même chose et sa tante, qui ne l'atrouvait plus, avait acommencé à appeler :
— Salvo, où es-tu, Salvo ?
Mais ça, ce n'était pas la voix de sa tante, c'était Adriana qui l'appelait, de très près !
Qu'est-ce que c'était que cette brillante idée qu'il avait eue ? Il était devenu dingue ? C'était la grande chaleur qui lui faisait faire toutes ces conneries ? Et maintenant comment il se tirait de cette situation ridicule ?
— Salvo ? Mais où es-tu ? Sal...
Certainement, elle avait vu les vêtements jetés à terre ! Il comprit qu'elle approchait.
Elle l'avait découvert. Sainte Mère, quelle honte ! Il ferma les yeux, dans l'espoir de devenir invisible. Il l'entendit rire à gorge déployée, en rejetant certainement sa belle tête en arrière, comme elle avait fait au commissariat. Son cœur se mit à bondir toujours plus vite. Voilà : pourquoi est-ce qu'il ne se faisait pas un bel infarctus ? Ça serait la solution idéale. Puis il sentit, plus fort que l'odeur de la paille sèche, plus fort que le vent de la mer, le parfum bouleversant de sa peau à elle. Elle s'était douchée. La petite maintenant devait se trouver à quelques centimètres de lui.
— Si tu tends la main, je te donne tes affaires, dit Adriana.
Montalbano obéit.
— Maintenant, je me retourne, t'inquiète pas, dit encore la petite.
Sauf que son rire continua, humiliant, durant toute la maladroite séance de rhabillage.

— Je ne suis pas en avance, dit Adriana comme ils allaient monter en voiture. Tu me laisses conduire ?
Il avait compris que, pour ce qui est de foncer en voiture, Montalbano n'était pas l'homme adéquat.
Durant tout le trajet, qui fut bref vu qu'en un vire-tourne ils se retrouvèrent sur la placette devant la trattoria, elle lui tint toujours la main droite sur le genou, ne conduisant qu'avec la gauche. Fut-ce pour ce type

de conduite ou bien pour la chaleur que le commissaire se prit un bain de sueur ?

— Tu es marié ?
— Non.
— Tu es fiancé ?
— Oui, mais elle ne vit pas à Vigàta.

Mais pourquoi est-ce que cette précision lui avait échappé ?

— Comment elle s'appelle ?
— Livia.
— Où tu habites ?
— À Marinella.
— Donne-moi le numéro de téléphone de chez toi.

Montalbano le lui dit, elle le répéta.

— Enregistré.

Ils étaient arrivés. Le commissaire ouvrit la portière. Elle aussi. Ils s'atrouvèrent en face l'un de l'autre. Adriana lui posa les mains sur les hanches, lui donna un léger baiser.

— Merci, dit-elle.

Le commissaire resta à la mater tandis qu'elle partait sur les chapeaux de roues.

Il adécida de ne pas passer au commissariat, mais d'aller directement à Marinella. Il était quasiment 18 heures quand, en maillot de bain, il ouvrit la porte-fenêtre donnant sur la véranda. Et il y trouva assis deux gars et une fille, dans les vingt ans, qu'il était clair qu'ils s'étaient installés comme chez eux sur la véranda pour toute la journée, ils y avaient mangé, bu, s'étaient déshabillés pour prendre leur bain. Sur la plage, il y avait des dizaines de pirsonnes qui s'attardaient à prendre ce qui restait de soleil.

Mais le sable était constellé de bouts de papier, de restes de choses à manger, de boîtes et de bouteilles vides, en somme un vrai dépotoir. Et la véranda aussi était réduite à l'état de dépotoir : à terre il y avait des amas de mégots de cigarettes et de joints, de boîtes de bière et de Coca-Cola.

— Avant de vous en aller, vous nettoyez tout, dit-il en descendant les marches et en se dirigeant vers la mer.

— Oui, mais toi, nettoie-toi *'u culu*, le cul, lança un des gars dans son dos.

L'autre garçon et la fille se mirent à rire.

Il aurait pu faire semblant de rien mais il se tourna et revint en arrière.

— *Cu fu a parlari ?* Qui est-ce qui a parlé ?

— *Iu*, moi, dit le plus balèze des deux qui avait un air arrogant.

— Descends.

L'autre jeta un regard à ses copains.

— J'arrange le vieux et je reviens.

Gros rires.

Le petit se plaça devant lui jambes écartées, tendit le bras, lui donna une bourrade.

— *Vatti a fari 'u bagnu, nonnu*, va prendre ton bain, pépé !

Montalbano partit du gauche, l'autre esquiva et le droit, comme prévu, le prit en plein visage, le renversant en arrière, à moitié évanoui. Ça n'avait pas été un coup de poing, mais de massue. Les rires des autres s'éteignirent d'un coup.

— Quand je reviens, tout doit être nettoyé.

Il dut arriver au large pour trouver un peu d'eau propre parce que près de la rive il y avait de tout qui flottait, des étrons aux verres de plastique, une chose immonde.

Avant de revenir, il examina la rive, cherchant l'endroit où il y aurait le moins de gens et où donc l'eau n'était peut-être pas trop dégueu. Mais cela signifiait qu'il dut marcher une demi-heure sur le sable avant d'arriver chez lui.

Les jeunes n'étaient plus là. Et la véranda était propre.

Sous la douche, qui était encore chaude, il pinsa au coup de poing qu'il avait balancé au garçon. Se pouvait-il qu'il eût encore tant de force ? Puis il comprit qu'il ne s'agissait pas de force, mais peut-être de décharge violente de toute la tension qu'il avait accumulée en ce 15 août.

QUINZE

Tard le soir, les familles avec minots tantôt pleurant tantôt hurlant, les bandes saoules et castagneuses, les petits couples si collés qu'un couteau ne passerait pas entre eux, les mâles solitaires avec portable à l'oreille, d'autres couples avec radio, CD et engins sonores à plein volume, débarrassèrent enfin la plage.
Eux, ils partirent mais leur saleté resta.
La saleté, pinsa le commissaire, *est désormais le signe que dans un lieu donné, l'homme est passé : on dit en fait que l'Everest est un dépôt d'ordures et que même l'espace est adevenu une décharge.*
Dans dix mille ans, la seule preuve de la présence de l'homme sur la terre sera donnée par la découverte de très grands cimetières d'automobiles démolies, le monument survivant d'une civilisation (?) qui fut.
Au bout d'un petit moment qu'il était assis dans la véranda, il acommença à sentir que l'air puait : à cause de l'obscurité, on ne voyait plus l'ordure qui recouvrait la plage, mais la fétidité de putréfaction rapide due à l'excès de chaleur arrivait.
Pas la peine de rester dehors. Mais même dedans, il n'était pas possible de rester, avec les fenêtres fermées pour ne pas laisser entrer la puanteur, la chaleur absorbée par les murs durant le jour ne pourrait pas s'évaporer.

Alors, il s'habilla, prit la voiture et partit vers Pizzo. Arrivé à la villa, il s'arrêta, descendit et se dirigea vers l'escalier qui conduisait à la plage.

Il s'assit sur la première marche et s'alluma une cigarette. Il avait mis dans le mille, là, on était trop haut pour qu'arrive l'odeur pourrie des saletés qui devaient être aussi sur cette plage.

Il ne voulait pas pinser à Adriana, mais n'y parvint.

Il resta comme deux heures et quand il se leva pour rentrer à Marinella, il était arrivé à la conclusion que moins il voyait cette petite, mieux c'était.

— Qu'est-ce qu'elle vous a dit, à hier, la demoiselle Adriana ? demanda Fazio.

— Elle m'a dit un truc que je ne savais pas, mais que j'imaginais. Tu te souviens que Dipasquale nous a raconté, et Adriana a confirmé, que Rina a été agressée par Ralf et que Spitaleri l'avait sauvée ?

— Bien sûr que je m'en souviens.

Et alors, le commissaire lui raconta tout, comment Spitaleri depuis ce moment avait toujours collé à Rina, jusqu'à ce qu'il se jette sur elle dans sa voiture, et la petite s'était sauvée parce qu'était apparu un péquenot. Et il lui raconta aussi comment le paysan avait passé un sale moment à cause d'une boucle d'oreille de Rina trouvée dans sa maison, alors que le malheureux n'avait aucun rapport avec le crime.

Il ne fit aucune allusion au fait qu'il avait accompagné Adriana à la petite villa de Pizzo et de ce qui s'était passé à l'intérieur.

— En conclusion, dit Fazio, nous avons en main rin de rin. Ça ne peut pas avoir été Ralf parce qu'il était impuissant, Spitaleri non plus parce qu'il était parti, Dipasquale a un alibi...

— La position de Dipasquale est la plus faible de toutes, dit le commissaire. Son alibi peut être fabriqué.

— C'est vrai, mais allez le démontrer.

— *Dottori*, il y aurait qu'il y a le proc' Tommaseo.

— Passe-le-moi.
— Montalbano ? J'ai pris une décision.
— Je vous écoute.
— Je me la fais.
Et il venait le lui raconter à lui ?
— Quoi ?
— Une conférence de presse.
— Mais en quoi est-ce nécessaire ?
— C'est nécessaire, Montalbano, vraiment !

La vraie nécessité était que Tommaseo mourait d'envie de se montrer à la télé.

— Les journalistes, poursuivit le proc', ont soupçonné quelque chose et commencent à poser des questions. Je ne voudrais pas courir le risque qu'ils donnent une image déformée du tableau d'ensemble.

Mais quel tableau d'ensemble ?

— Certes, ce serait un gros risque.
— Vous en convenez ?
— Vous avez déjà fixé la date ?
— Oui, demain à 11 heures. Vous venez ?
— Non. Et qu'est-ce que vous direz ?
— Je parlerai du crime.
— Vous direz qu'elle a été violée ?
— Ben, j'y ferai allusion.

Et figurez-vous ! Les journalistes, il leur suffisait moins qu'une allusion pour se déchaîner sur le sujet !

— Et s'ils vous demandent si vous avez une idée du coupable ?
— Ben, là, il faudra être très habile.
— Comme vous l'êtes, vous.
— Modestement... Je dirai que nous suivons deux pistes : une celle du contrôle des alibis des maçons et l'autre, celle d'un maniaque de passage qui a contraint la jeune fille à le suivre dans l'appartement abusif. Vous êtes d'accord ?
— Parfaitement.

Un maniaque de passage ! Et comment il faisait le maniaque de passage à connaître l'appartement abusif si le chantier était clôturé ?

— Pour cet après-midi, j'ai reconvoqué Adriana Morreale, dit Tommaseo. Je veux abattre ses éventuelles résistances, l'interroger bien à fond, à fond et longuement, je veux la mettre à nu.

Sa voix s'était encore transformée. Montalbano eut peur que d'ici quelques mots, il commence à soupirer, à faire « ah, ah », comme dans un film porno.

Désormais, ça devenait une habitude. Avant d'aller à la trattoria de Enzo, il se changea, donnant ses vêtements humides de sueur à Catarella. Puis, après avoir mangé, mais peu, il n'avait pas envie, il éprouva une espèce de manque de courage, il repartit pour Marinella.

Oh, miracle ! Quatre éboueurs étaient en train de nettoyer la plage ! Il mit son maillot, se jeta à la mer en quête de fraîcheur. Après, il se fit une heure de sieste.

À 16 heures, il était nouvellement au commissariat. Mais il n'avait envie de rin faire.

— Catarella !

— Je vous écoutasse, *dottori*.

— Ah, écoute, ils ont téléphoné de Montelusa pour ce questionnaire ?

— Oh que oui, *dottori*, je le leur envoyai.

Il ferma à clé la porte du bureau, se déshabilla en gardant juste le caleçon, jeta à terre les papiers qui se trouvaient sur le fauteuil, le transporta devant le petit ventilateur et l'orienta de manière que la fraîcheur lui arrive sur la poitrine et s'assit, espérant survivre.

Une heure plus tard, le téléphone sonna.

— *Dottori*, il y aurait qu'il y a un brigadier qui se dit des Finances et qui s'appelle Laganà.

— Passe-le-moi.

— Je peux pas vous le passer étant donné du fait que le susdit s'atrouve ici pirsonnellement en pirsonne.

Seigneur, et lui qui était pratiquement nu !

— Dis-lui que je suis au téléphone, fais-le entrer dans mon bureau dans cinq minutes.

Il se rhabilla en vitesse. Les vêtements étaient comme s'il venait juste de les repasser, encore imprégnés de chaleur. Il ouvrit la porte, vint à la rencontre de Laganà. Il le fit asseoir, ferma à clé la porte du bureau. Il eut honte en voyant qu'il portait un uniforme qui semblait tout juste sorti du pressing.

— Vous prenez quelque chose, brigadier ?
— Rin, *dottore*, tout ce que je prends me fait suer.
— Pourquoi vous vous êtes dérangé ? Vous pouviez me téléphoner.
— *Dottore*, il vaut mieux ne rien dire au téléphone.
— Peut-être que le mieux, c'est les *pizzini*, comme Provenzano[1].
— Mais on peut aussi les intercepter. La seule chose à faire est de se parler entre quatre yeux, si possible en un lieu sûr.
— Ici, ça devrait l'être.
— Espérons.

Il glissa une main dans sa poche, en tira une feuille pliée en quatre, la tendit à Montalbano.

— C'est ça qui vous intéresse ?

Le commissaire le déplia, le mata.

C'était le bon de livraison de la société Ribaudo de tubes d'échafaudage et de grillages de protection en date du 27 juillet au chantier Spitaleri de Montelusa. Et il était signé pour bonne réception par Filiberto Attanasio, le gardien.

Montalbano sentit son cœur se gonfler.

— Je vous remercie, c'est bien ça que je cherchais. Ils s'en sont aperçus ?
— Je ne crois pas. Ce matin, nous avons saisi deux cartons de documents. Dès que j'ai vu le bon de livraison, je l'ai fait photocopier et je vous l'ai apporté.
— Je ne sais comment vous remercier.

---

1. Provenzano, le dernier grand chef de la Mafia arrêté en 2005, a réussi à échapper pendant près de cinquante ans aux recherches, entre autres, parce qu'il ne communiquait qu'au moyen de petits bouts de papier, les *pizzini*, transmis par ses fidèles à travers toute la Sicile.

Le brigadier Laganà se leva. Montalbano aussi.
— Je vous accompagne.
Au seuil du commissariat, comme ils se serraient la main, Laganà dit en souriant :
— Inutile de vous recommander de ne dire à personne comment vous vous êtes procuré ce document.
— Brigadier, vous me vexez.
Laganà hésita, devint sérieux et puis ajouta à voix basse :
— Attention où vous mettez les pieds, avec Spitaleri.

— Federico ? Montabano, je suis.
— Salvo ! Mais quel plaisir ! Comment va ?
— Bien. Et toi ?
— Bien. Tu as besoin de quelque chose ?
— Je voudrais te parler.
— Et parle.
— En personne.
— C'est urgent ?
— Assez.
— Écoute, moi je suis au bureau sûrement jusqu'à...
— Mieux vaut dehors.
— Ah. On peut se voir au café Marina à...
— Pas dans un lieu public.
— Tu me fais peur. Où ?
— Chez moi ou chez toi.
— J'ai une femme curieuse.
— Alors, viens chez moi à Marinella, tu sais où c'est. Ça te va, à 10 heures ce soir ?

À 20 heures, comme il quittait le bureau, Tommaseo appela. Il avait une voix déçue.
— Je voulais vous demander une confirmation.
— Je confirme.
— Excusez-moi, Montalbano, mais qu'est-ce que vous confirmez ?
— Ah, ce que je confirme, je ne sais pas mais si vous me demandez une confirmation, je suis prêt à vous la donner.
— Mais puisque vous ne savez pas ce que vous devez confirmer ou pas ?

— J'ai compris, vous ne voulez pas une confirmation générale, mais une spécifique.
— Je crois bien !
De temps en temps, il aimait bien se foutre de la poire de Tommaseo.
— Alors, je vous écoute.
— Cette fille, Adriana, aujourd'hui, à propos, elle était encore plus belle, je ne sais pas comment elle fait, c'est comme un concentré de femme, quoi qu'elle dise, quoi qu'elle fasse, on reste sous le charme et... bon, laissons tomber, qu'est-ce que je disais ?
— Qu'on reste sous le charme.
— Mon Dieu, non, ça, je le disais en passant. Ah, voilà. Adriana m'a raconté que sa sœur avait été agressée, heureusement sans conséquences, par un jeune Allemand qui a péri par la suite dans une catastrophe ferroviaire survenue en Allemagne. Je le dirai à la conférence.
Catastrophe ferroviaire ? Mais qu'est-ce qu'il avait compris, Tommaseo ?
— Mais, j'ai eu beau la forcer, elle n'a pas pu ou voulu m'en dire plus, elle soutenait qu'il était inutile que je continue à l'interroger du fait qu'elle n'avait aucun rapport d'intimité avec sa sœur, ajoutant que souvent Rina et elle se disputaient si violemment que les parents faisaient tout leur possible pour les tenir éloignées l'une de l'autre. C'est si vrai que le jour où Rina a été assassinée, elle n'était pas à Vigàta. Maintenant, je vous demande, vu que la jeune fille m'a rapporté que hier matin vous l'avez interrogée, si à vous aussi elle a dit qu'elle ne s'entendait pas avec sa sœur ?
— Mais bien sûr. Elle m'a déclaré qu'elles en venaient aux mains carrément deux ou trois fois par jour.
— Donc, il est inutile que je la reconvoque ?
— Je crois vraiment que c'est inutile.
Visiblement, Adriana en avait plein les bottes de Tommaseo et elle s'était inventé cette calembredaine en comptant sur la complicité du commissaire.

Adriana lui téléphona qu'il était presque 21 heures.

— Je peux passer d'ici une petite heure ?
— Désolé, je suis pris.
Et s'il ne l'avait pas été, qu'est-ce qu'il aurait arépondu ?
— Tant pis. Je voulais profiter du fait que mon oncle et ma tante de Milan viennent d'arriver, je t'ai parlé d'eux, c'étaient eux qui étaient à Montelusa.
— Oui, je me souviens.
— Ils sont venus pour l'enterrement.
Il l'avait complètement oublié.
— Quand est-ce ?
— Demain matin. Ils repartiront tout de suite. Pour demain soir, ne prends pas d'engagements, j'espère que mon amie infirmière pourra venir.
— Adriana, je fais un travail qui...
— Fais de ton mieux. Ah, aujourd'hui, Tommaseo m'a convoquée. Il bavait en me regardant les nichons. Et dire que, pour l'occasion, je m'étais mis un soutien-gorge blindé. Je lui ai raconté une blague pour me débarrasser de lui une fois pour toutes.
— Je sais ce que tu lui as dit, il m'a téléphoné en me demandant si c'était vrai que Rina et toi vous ne vous supportiez pas.
— Et toi ?
— J'ai confirmé.
— Je n'en doutais pas. Je t'aime beaucoup. À demain.
Il courut se mettre sous la douche avant que Lozupone arrive. Ces trois mots, « Je t'aime beaucoup », l'avaient détrempé de sueur instantanée.

Lozupone avait cinq ans de moins que lui, c'était un homme massif à la parole pondérée. À son sujet, il ne courait aucun bavardage, il était honnête et avait toujours fait son devoir. Donc Montalbano devait se mouvoir avec lui en choisissant bien ses mots. Il lui offrit un whisky, le fit asseoir dans la véranda. Heureusement, un peu de vent s'était levé.
— Allez, Salvo, accouche. Qu'est-ce que tu dois me dire ?

— C'est une affaire délicate et avant de bouger, je veux t'en parler.
— Je suis là.
— Ces jours-ci, je m'occupe du meurtre d'une petite...
— J'en ai entendu parler.
— Et je me suis retrouvé à interroger un promoteur, Spitaleri, que tu connais aussi.

Lozupone parut se mettre sur ses gardes.

— Qu'est-ce que ça veut dire que je le connais ? réagit-il. Je ne le connais que parce que j'ai mené l'enquête sur la mort accidentelle d'un ouvrier dans un de ses chantiers de Montelusa.
— Justement. Et moi, c'est sur cette enquête que je veux avoir des informations. À quelle conclusion es-tu arrivé ?
— Il me semble l'avoir dit il y a une seconde. Mort accidentelle. Le chantier, quand j'y suis allé, était en règle. Je l'ai fait rouvrir après cinq jours d'arrêt. Le proc' Laurentano me sollicitait pour que je fasse vite.
— Quand est-ce que tu as été appelé ?
— Le lundi matin, quand ils ont découvert le corps du maçon. Et je te le répète, il y avait tous les systèmes de sécurité. La seule conclusion possible était que l'Arabe, après avoir un peu trop bu, a enjambé la barrière de protection et est tombé. D'ailleurs, l'autopsie a révélé que dans ses veines, il y avait plus de vin que de sang.

Montalbano s'étonna, mais ne le montra pas à Lozupone. Si ça s'était passé comme celui-ci disait et comme Spitaleri l'avait soutenu, pourquoi Filiberto lui avait-il raconté une histoire différente ? Et surtout, est-ce qu'il n'y avait pas le bon de livraison de la société Ribaudo qui démontrait que le gardien avait dit la vérité ? Est-ce qu'il n'était pas mieux de prendre Lozupone de front et lui dire comment lui, Montalbano, voyait les choses ?

— Federì, il ne t'est pas venu à l'esprit que dans le chantier, quand l'Arabe est tombé, il n'y avait aucune protection et que celle-ci a été mise durant le dimanche ? De manière que, quand tu arrives, le lundi matin, tu trouves tout en règle ?

Lozupone se remplit nouvellement le verre de whisky.

— Bien sûr que ça m'est venu à l'esprit.
— Et qu'est-ce que tu as fait ?
— Ce que tu aurais fait, toi.
— À savoir ?
— J'ai demandé à Spitaleri quelle était la société qui lui fournissait le matériel pour les échafaudages. Et il m'a répondu que c'était la société Ribaudo. Et moi, je l'ai rapporté à Laurentano. Je voulais qu'il convoque, ou m'autorise à convoquer, Ribaudo. Et lui me dit que non, que pour lui, l'enquête s'arrêtait là.
— La preuve que tu voulais chercher chez Ribaudo, je me la suis procurée, moi. Spitaleri s'est fait envoyer le matériel le dimanche à l'aube et l'a monté avec l'aide du contremaître Dipasquale et du gardien Attanasio.
— Et qu'est-ce que tu veux en faire, de cette preuve ?
— La remettre à toi ou au proc' Laurentano.
— Fais-moi la voir.
Montalbano lui tendit le bon de livraison. Lozupone l'examina puis le lui rendit.
— Ça ne prouve rin.
— Mais tu l'as vue, la date ? Le 27 juillet, c'était un dimanche !
— Tu sais ce qu'il peut te répondre, Laurentano ? Primo. Que, étant donné les rapports de travail continus entre Spitaleri et Ribaudo, ce n'était pas la première fois que Ribaudo fournissait du matériel à Spitaleri même un jour de congé. Secondo. Qu'il fallait du matériel parce que le lundi matin, ils devraient commencer la construction des autres étages de l'immeuble. Tercio. *Dottor* Montalbano, vous pouvez m'expliquer comment il se fait que vous vous trouviez en possession de ce document ? En conclusion, Spitaleri se sauve et toi, et la personne qui t'a donné ce document, vous l'avez dans le cul.
— Mais Laurentano est un corrompu ?
— Laurentano ?! Mais qu'est-ce que tu racontes ? Laurentano est un homme qui fait carrière. Et pour faire carrière, la première règle est de ne pas réveiller le chien qui dort.
Montalbano éprouva une telle fureur qu'il laissa échapper :

— Et ton beau-père, qu'est-ce qu'il en pense ?
— Lactes ? Ne déraille pas, Salvo. Pisse pas hors du pot. Mon beau-père a certains intérêts politiques, c'est vrai, mais sur cette histoire de Spitaleri, il ne m'a jamais rien dit.

Va savoir pourquoi, Montalbano se sentit heureux de la réponse.

— Et alors, tu te rends ?
— D'après toi, qu'est-ce que je devrais faire ? Me mettre à combattre comme Don Quichotte contre les moulins à vent ?
— Spitaleri n'est pas un moulin à vent.
— Montalbà, parlons clair. Tu sais pourquoi Laurentano ne veut pas aller plus loin ? Parce que sur sa balance personnelle, il a mis dans un plateau Spitaleri avec ses protections politiques et sur l'autre le cadavre d'un anonyme immigré arabe. Vers où pend la balance ? À la mort de l'Arabe, il y a eu un seul journal qui a dédicacé trois lignes. Qu'est-ce que tu penses qu'il va se passer si tu vas toucher Spitaleri ? Un viretourne de télévisions, radios, journaux, interpellations parlementaires, pressions, chantages peut-être... Et moi je te demande *a tia*, à toi : combien de gens, parmi nous et parmi les juges, gardent au bureau une balance comme celle de Laurentano ?

SEIZE

Il était tellement furieux qu'il resta sur la véranda, à finir la bouteille de whisky dans l'intention précise, sinon de se saouler, au moins de faire tomber sur lui cette somnolence qui lui permettrait d'aller se coucher.
   À bien considérer l'affaire, la tête froide, sans enthousiasmes faciles ni démarrages trop rapides, Lozupone avait raison, il n'y arriverait jamais à baiser Spitaleri avec cette preuve qui lui avait paru si importante.
   Et puis, imaginons que Laurentano trouve le courage de poursuivre, imaginons qu'un de ses collègues inconscient renvoie le promoteur en justice, au procès n'importe quel avocat démontera la preuve en un tournemain. Mais c'était vraiment parce que la preuve n'était pas importante que Spitaleri ne serait pas condamné ?
   Ou bien parce que dans l'Italie d'aujourd'hui, à force de lois toujours plus en faveur du coupable, manquait surtout la ferme volonté d'envoyer en taule qui commettait un crime ?
   Mais pourquoi avait-il eu, et continuait-il à avoir, se demanda-t-il, tant envie de causer des ennuis au géomètre ?
   Parce qu'il avait bâti sans permis ? Allons donc, alors, il aurait dû s'en prendre à la moitié des Siciliens. Par

moments, dans l'île, les constructions abusives surpassaient en nombre les constructions légales.

Parce qu'il avait eu un mort dans un de ses chantiers ?

Mais combien il y en avait de ces dénommés « accidents du travail », qui n'étaient en rien des accidents mais de véritables meurtres de la part des employeurs ?

Non, la raison était différente.

C'était les mots de Fazio, quand il l'avait informé que Spitaleri aimait les mineures et qu'il avait pensé que c'était aussi un touriste sexuel, c'était ça qui lui avait suscité une violente aversion.

Il ne supportait pas ces personnages qui se déplaçaient en avion d'un continent à l'autre pour aller exploiter la pauvreté, la misère matérielle et morale de la plus ignoble manière.

Un homme de ce genre, même si dans son pays, il habite un palais luxueux, voyage en première classe, descend dans des hôtels à cinq étoiles, fréquente des restaurants où l'œuf au plat coûte cent mille euros, reste toujours dans son âme un misérable, plus misérable que celui qui vole l'aumône des paroissiens ou le goûter d'un minot non par faim mais pour le plaisir.

Et des hommes de ce genre sont certainement capables d'actions les plus sales, les plus abjectes.

Enfin, au bout de deux heures, ses paupières commencèrent à tomber *a pampineddra*, comme des feuilles. Dans son verre, il y avait un dernier doigt de whisky. Il se le but et ça passa de travers. Et ce fut pendant qu'il toussait qu'il se rappela un truc qu'avait dit Lozupone.

À savoir que l'autopsie avait confirmé que l'Arabe avait beaucoup bu et qu'il était tombé pour ça.

Mais on pouvait faire une autre hypothèse.

Qu'en tombant, l'homme n'était pas mort. Il était agonisant et donc capable d'avaler. Alors Spitaleri, Dipasquale et Filiberto avaient aprofité de la situation pour le faire boire de force et d'abondance. Puis, ils l'avaient laissé seul à mourir.

Ils en étaient capables, et la pinsée en avait dû venir au plus malin de tous, Spitaleri. Et si ça s'était passé comme il se l'imaginait, ce qui avait été vaincu, ce n'était pas seulement lui, mais la justice même, ou plutôt, l'idée même de justice.

Durant toute la nuit, il ne parvint pas à fermer l'œil. La rage qu'il avait dans le corps redoublait à vouloir fermer l'œil. Il sua tant que vers les 4 heures du matin, il se leva et changea les draps du lit. Mais tout cela en vain : après une demi-heure ils étaient aussi trempés que ceux qu'il avait retirés.

À 8 heures, il n'en pouvait plus d'être couché. Il était hors de lui d'impatience, de nervosité, de chaleur.

Il lui vint à l'esprit que Livia, sur son bateau, en pleine mer, devait passer de bien meilleurs moments que lui. Alors il l'appela sur son portable. Une voix féminine enregistrée lui fit savoir que le téléphone de la pirsonne appelée était éteint et que, s'il voulait, il pouvait essayer de rappeler plus tard.

Bien sûr, à cette heure, la demoiselle ou bien dormait ou bien était trop occupée à aider le cher cousin Massimiliano à manœuvrer la barque ! Il fut pris d'un accès de démangeaisons, acommença à se gratter jusqu'au sang.

Pour y trouver remède, il passa de la véranda à la plage. Le sable chauffait déjà et ses pieds risquaient la brûlure. Il nagea longuement, au large l'eau était encore fraîche. Mais le rafraîchissement fut bref : le temps de revenir, il était sec.

Mais pourquoi devait-il aller au commissariat ? se demanda-t-il.

Il n'avait pas grand-chose à faire, disons même, rien à faire. Tommaseo était occupé par la conférence de presse, Adriana avait l'enterrement de sa sœur, le questeur était peut-être trop occupé à examiner les réponses aux questionnaires qu'il avait envoyés aux différents commissariats. Et lui, il avait juste l'envie de traîner, mais pas à la maison.

— Catarella ?
— À vos ordres, *dottori*.
— Passe-moi Fazio.

— Subitement.
— Fazio ? Ce matin, je ne viens pas.
— Vous ne vous sentez pas bien ?
— Je me sens très bien. Mais je me suis convaincu que si je viens, je me sentirai tout de suite mal.
— Raison, vous avez, *dottore*. Ici, on étouffe, tout le monde manque d'air.
— Je viens cet après-déjeuner à 6 heures.
— D'accord. Ah, *dottore*, vous me le prêtez, le micro-ventilateur ?
— Fais attention de ne pas le casser.

Une demi-heure plus tard, ayant pris la route pour Pizzo, il s'arrêta devant la maisonnette rustique, celle du campagnard. Il descendit, s'approcha. La porte était ouverte. Il appela.
— Oh là ! Il y a quelqu'un ?
Par la fenêtre à la perpendiculaire de la porte, se présenta l'homme auquel Gallo avait cassé la jarre avec sa voiture. À la manière dont il le fixa, il fut sûr que le paysan ne l'avait pas reconnu.
— Qu'est-ce que vous voulez ?
S'il lui disait qu'il était de la police, l'autre, il risquait de ne pas le laisser entrer.
Il fut secouru par le piaillement aigre de quelques poules qui provenait de derrière la maison. Il tenta.
— Vous avez des œufs frais ?
— Combien vous en voulez ?
Ce ne devait pas être un grand poulailler.
— Une demi-douzaine me suffit.
— Entrez.
Montalbano s'exécuta.
Une pièce nue qui devait servir à tout. Une table, deux sièges, un buffet. Contre un mur, un fourneau à gaz avec sa bonbonne, et à côté un plan de marbre sur lequel étaient posés verres, assiettes, une poêle, une casserole... pauvres ustensiles rongés par l'usure et le temps. À un mur était accroché un fusil de chasse.

Le campagnard descendit d'un escalier de bois qui conduisait à la pièce du dessus qui devait être la chambre à coucher.

— Je vais vous les prendre.

Il sortit. Le commissaire s'assit sur un siège.

L'homme revint avec trois œufs en main. Il fit deux pas vers la table et se bloqua. Il regardait fixement Montalbano, tandis que son visage changeait du tout au tout, perdant toute couleur.

— Qu'est-ce que vous avez ? lui demanda le commissaire en se levant.

— Aaaaaaah ! rugit le campagnard.

Et il balança vers la tête de Montalbano, de toutes ses forces, les trois œufs qu'il tenait dans la main droite. Quoique pris par surprise, le commissaire en évita deux, mais le troisième, il le prit sur l'épaule, la coquille se brisa et son contenu coula sur la chemise.

— Je t'areconnais, saleté de flic !

— Mais écoutez...

— Encore avec c't'histoire ? Encore ?

— Mais, moi, je suis venu pour...

Les trois autres œufs le cueillirent l'un au front, les deux autres à la poitrine.

Montalbano fut aveuglé. Il se nettoya les yeux avec le mouchoir et quand il fut nouvellement capable de loucher à travers ses paupières collantes, il vit que le paysan tenait le fusil de chasse en main et le pointait droit sur lui.

— Sors de ma maison, flic de merde !

Il s'échappa.

Ils avaient dû lui faire passer de sales moments, ses collègues !

Les taches sur sa chemise s'étaient tellement étalées que celle-ci semblait d'une couleur devant et d'une autre derrière.

Il dut s'en retourner à Marinella pour se changer. Et là, il atrouva Adelina en train de laver le sol.

— *Dutturi*, à coups d'œufs, on vous attaqua ?

— Oui, un pauvre type. Je vais me changer.

Il se lava avec l'eau chaude du tuyau, se mit une chemise propre.
— Au revoir, Adelì.
— *Dottori*, je dois vous dire que demain, je peux pas venir.
— Pourquoi ?
— Je vais à trouver mon grand fils qu'est en prison à Montelusa.
— Et ton fils cadet ?
— Lui aussi, il est en prison, mais à *Palermu*.

Elle avait deux fils, l'un et l'autre délinquants qui faisaient des allers et retours entre la taule et le dehors. Montalbano les avait aussi quelquefois envoyés au trou. Mais ils lui avaient toujours gardé leur affection. Il avait même fait le parrain de baptême du fils de l'un d'eux.

— Dis-leur bonjour de ma part.
— Je le ferai. Je voulais vous dire que vu que je viens pas, je vais vous préparer plus à manger.
— Fais-moi des plats froids.

Il s'en repartit pour Pizzo en emportant cette fois son maillot de bain.

Il dépassa à grande vitesse la bicoque du campagnard, dans la crainte qu'il lui tire dessus, passa devant la maison d'Adriana qui avait portes et fenêtres fermées, arriva à la villa.

Comme il avait la clé, il entra, se déshabilla, se mit son maillot, sortit, descendit l'escalier de pierre, arriva à la plage. À présent, il y avait peu de baigneurs qui, presque tous, parlaient en langue étrangère. Passé le 15 août, les Siciliens considéraient que la saison estivale était finie, même s'il continuait à faire plus chaud qu'avant.

Depuis la première fois qu'il s'était baigné dans ces eaux, quand il avait été sur les lieux avec Callara, il en avait un souvenir de propreté et de félicité. Il entra dans la mer et commença à nager. Il y resta jusqu'à ce qu'il sente la peau des doigts devenir rugueuse, signe qu'il était temps de revenir à la rive.

Il avait en tête de se faire une douche froide et de s'en retourner à Marinella pour manger les divines nourritures d'Adelina.

Mais la montée de l'escalier sous le soleil l'escagassa, lui fit perdre ses forces. À peine entré dans la villa, il alla s'étendre sur le matelas du grand lit.

Il était deux heures et demie de l'après-midi quand il se coucha et presque 5 heures quand il s'aréveilla. Le matelas gardait l'empreinte de son corps nu, une silhouette humide.

Il resta sous la douche si longtemps qu'il vida l'eau du réservoir mais ce n'était pas chez lui, elle était inhabitée et il pouvait se le permettre sans remords.

Quand il sortit pour se rendre au commissariat, il vit que, devant la villa, était garée une autre voiture qu'il lui sembla avoir déjà vue, mais il ne se rappelait pas où. Pirsonne alentour. Peut-être étaient-ils descendus sur la plage.

Puis il remarqua que dans la prise électrique à côté de la porte avait été connecté un fil qui tournait au coin de la maison. Certainement pour éclairer l'appartement abusif.

Qui est-ce que ça pouvait être ? Sûrement pas ceux de la Scientifique. Alors, il eut la certitude que quelque journaliste était allé en douce faire des photographies du « lieu de l'atroce crime » et il fut aussitôt envahi d'une rage violente.

Mais comment il se pirmettait, cette hyène ?

Il courut à la voiture, prit le pistolet dans la boîte à gants, se le glissa dans la ceinture. Le fil électrique, après le coin, poursuivait le long du mur, passait au-dessus des tables, se perdait dans l'appartement abusif en passant par la fenêtre qui servait d'entrée.

Il enjamba d'un pied léger le rebord, s'aretrouva dans la salle de bains. Passant prudemment la tête, il vit le salon illuminé.

Ce saligaud de photographe prenait sûrement des photos de la malle où s'était trouvé le *catafero*, histoire de faire un scoop !

Je vais t'en donner, moi, du scoop ! pinsa le commissaire.

Et il fit deux choses à la fois.

La première fut de se mettre à courir vers le salon en criant :
— Mains en l'air !
La première fut de dégainer le revolver et de tirer en l'air.

Or, soit parce que les pièces étaient dépourvues de meubles et résonnaient, soit parce que l'appartement était complètement entouré de nylon qui empêchait les sons de se disperser, le fait est que le coup produisit une énorme explosion, à peine inférieure à celle d'une bombe à fort potentiel.

Le premier à s'en effrayer fut Montalbano lui-même, qui eut l'impression que le revolver lui avait explosé en main. Complètement assourdi par la détonation, il fit irruption dans le salon.

Le photographe, atterré, avait laissé tomber à terre l'appareil photo et, tremblant de tout le corps, était agenouillé mains levées et front touchant terre. On eût dit un musulman en prière.

— Vous êtes en état d'arrestation ! lui lança le commissaire. Montalbano, je suis !

— Que... que... que... caqueta l'homme en relevant à peine la tête.

— Qu'est-ce que vous avez fait ? ! Vous voulez savoir ? ! Vous avez brisé les scellés pour entrer ici !

— Mais... non... mais... non...

— Mais il n'y avait pas de scellés ! dit une voix tremblotante dont on ne comprenait pas d'où elle venait.

Montalbano regarda alentour mais ne vit personne.

— Qui a parlé ?

— Moi.

Et de derrière les montants enveloppés de Cellophane pointa la tête de Callara.

— Commissaire, il faut nous croire : il n'y avait pas de scellés ! répéta-t-il.

Et à ce point, Montalbano s'arappella que pour suivre Adriana, il n'avait pas pris le temps de les remettre.

— Ça doit être un petit voyou qui les a enlevés.

Dans le salon, la grosse lampe rajoutait de la chaleur à celle de la pièce, on avait du mal à parler, la gorge s'asséchait vite.

— Sortons d'ici, dit le commissaire.

Ils le suivirent à l'étage du dessus, se burent de grands verres d'eau minérale et s'assirent au salon, les portes-fenêtres grandes ouvertes.

— J'ai failli avoir une attaque, fit l'homme que Montalbano avait pris pour un photographe de presse.

— Moi aussi, dit Callara. Chaque fois que je viens dans cette maudite villa, il m'arrive quelque chose !

— Je suis le géomètre Paladino, s'aprésenta l'homme à l'appareil photo.

— Mais qu'est-ce que vous êtes venus faire ?

Callara prit la parole.

— Commissaire, vu qu'il s'en faut de peu qu'on soit à la date limite pour la demande de régularisation et étant donné que ce matin justement, au courrier, me sont arrivés les papiers de Mme Gudrun, j'ai prié le géomètre Paladino d'acommencer à faire tout ce qu'il fallait...

— ... et la première chose qu'il faut absolument faire, c'est la documentation photographique de l'extension abusive, intervint Paladino. Photos qu'on joint aux plans.

— Vous avez fini ?

— Il m'en manque encore trois ou quatre à faire dans le salon.

— Allons-y.

Il sortit avec eux, les accompagna jusqu'à la fenêtre mais n'entra pas. Il s'arrêta pour ramasser les rubans et les scellés qui étaient allés se fourrer sous deux planches et les mit de côté.

— Je vous attends en haut !

Il se fuma deux cigarettes assis sur une partie du mur de la terrasse où le soleil ne tapait plus depuis un moment.

Enfin Callara se présenta.

— Nous avons fini.

— Et Paladino ?

— Il a porté le matéreil dans la voiture. Il va venir vous dire au revoir.

— Si vous avez besoin de revenir, fais-le-moi savoir avant.
— Merci. À propos, je devrais vous demander quelque chose, *dottore*.
— Je vous écoute.
— Quand est-ce qu'on les retire, les scellés ?
— Vous êtes pressé ?
— Effectivement, je serais assez pressé. Je voudrais fixer la date d'enlèvement du sable et de la remise en état avec Spitaleri. Si je ne réserve pas à temps, avec tout le boulot qu'il a...
— Si Spitaleri ne peut pas, vous en chercherez un autre.
Paladino revint.
— On peut y aller.
— Je ne peux pas en chercher un autre, dit Callara.
— Comment ça ?
— Il y a un engagement écrit dont j'ignorais l'existence et que j'ai découvert dans les papiers qui me sont arrivés ce matin d'Allemagne.
— Expliquez-moi ça.
— C'est un engagement régulier, dit Paladino. Callara me l'a fait voir.
— En quoi consiste-t-il ?
Cette fois, ce fut Callara qui répondit :
— Il est écrit que M. Angelo Speciale s'engage formellement à faire exécuter les travaux d'enlèvement et de remise en état des murs extérieurs et intérieurs de l'appartement abusif au géomètre Spitaleri dès le moment où la régularisation aura été menée à bien. Et il s'engage aussi à ne pas s'adresser à d'autres entreprises au cas où Spitaleri serait provisoirement occupé à d'autres travaux, et à en attendre la disponibilité.
— Une écriture privée, dit Montalbano.
— Bien sûr, mais tout en règle, avec double signature. Et si on ne la respecte pas, surtout avec un personnage comme Spitaleri, vous comprenez qu'il peut en découler de gros tracassins, dit Paladino.
— Excusez-moi, géomètre, mais ça vous est déjà arrivé ?
— C'est la première fois, il n'est jamais arrivé de voir un accord écrit si longtemps à l'avance. Et je n'arrive pas

à le comprendre. Je me demande : à quelqu'un comme Spitaleri, quelle importance ça peut avoir, une besogne comme ça, un truc de quatre sous ?

— C'est sûrement Speciale, avança Callara, qui a voulu ce contrat. Il savait qu'il pouvait se fier à Spitaleri, comme ça pour lui il ne serait pas obligé d'être là au début des travaux.

— Vous avez vu la date ?

— Oui, le 27 octobre 1999. La veille du jour où Angelo Speciale repartit pour l'Allemagne.

— Monsieur Callara, je vais m'occuper de faire retirer les scellés le plus tôt possible.

En attendant, il alla les replacer. Puis monta en voiture et partit. Mais freina quelques mètres plus loin.

La porte et les deux fenêtres de la maison d'Adriana étaient ouvertes. Se pouvait-il que la petite fût allée là pour trouver un peu de sérénité après la tristesse des funérailles ?

Il se sentait comme l'âne de Buridan. Aller la trouver ou poursuivre ?

Puis il vit une femme âgée, certainement une domestique, qui fermait, l'une après l'autre, les deux fenêtres. Il attendit encore un peu. La femme parut sur le seuil, ferma la porte à clé.

Montalbano passa la vitesse et partit pour le commissariat, un peu déçu et un peu content.

DIX-SEPT

— Ce matin, je suis allé à l'enterrement, dit Fazio
— Il y avait du monde ?
— Mon cher *dottore*, beaucoup et avec l'habituel mouvement d'émotion. Femmes qui s'évanouissaient, femmes qui pleuraient, ex-camarades d'école avec des fleurs blanches, le tihâtre habituel, en somme, au point que quand le cercueil est sorti de l'église, tout le monde s'est mis à battre des mains. Mais vous pouvez m'expliquer pourquoi ils battent des mains devant les morts ?
— Peut-être parce qu'ils ont bien fait de mourir.
— *Dottore*, vous galéjez ?
— Non. Quand est-ce qu'on bat des mains ? Quand t'as aimé quelque chose. En toute logique, ça devrait donc signifier : ça m'a beaucoup plu que t'aies débarrassé enfin le plancher. Qui était là, de la famille ?
— Le père était soutenu par un homme et une femme qui devaient être de ses parents. Mlle Adriana n'était pas là, elle était certainement restée à la maison pour soutenir sa mère.
— Je dois te dire un truc qui va pas te faire plaisir.
Et il lui raconta la rencontre avec Lozupone. À la fin, Fazio ne manifesta aucune surprise.
— Tu ne dis rien ?

— Qu'est-ce que je dois vous dire, *dottore* ? Je m'y attendais. Y a pas à tortiller, Spitaleri s'en tirera toujours, aujourd'hui, demain et *in secula seculorum*.

— *Amen*. À propos de Spitaleri, tu devrais me rendre un service, lui passer un coup de fil, je n'ai aucune envie de lui parler.

— Qu'est-ce que je dois lui demander ?

— Si ce jour où il est parti pour Bangkok, le 12 octobre, il se souvient quel jour il est rentré.

— J'y vais tout de suite.

Il revint une dizaine de minutes plus tard.

— Je l'ai cherché sur son portable, mais il l'avait éteint. Alors, j'ai téléphoné au bureau, mais il n'y était pas. Mais la secrétaire a regardé dans un vieil agenda et m'a dit que Spitaleri était certainement rentré le 26 après-midi. Elle m'a dit aussi qu'elle se souvenait bien de ce jour-là.

— Elle t'a dit pourquoi ?

— Mon cher *dottore*, celle-là, elle barjaque que si on l'arrête pas, elle est capable de parler toute la journée. Elle m'a dit que ce 26 octobre, c'était son anniversaire et elle pinsait que Spitaleri l'aurait oublié mais lui il lui a apporté l'orchidée que la Thai, la compagnie aérienne, offre à tous ses passagers, et aussi une boîte de chocolats. Et voilà. Pourquoi vous vouliez le savoir ?

— Tu vois, aujourd'hui, je suis allé à Pizzo prendre un bain. Au moment où je sortais de la villa...

Et il lui raconta toute l'histoire.

— Ce qui signifie, conclut-il, que le lendemain, peut-être parce qu'il avait appris qu'Angelo Speciale allait repartir en Allemagne, il a fait un accord spécial.

— Moi, j'y trouve rien de bizarre, dit Fazio. Et ça a sûrement été Speciale qui a sollicité cet accord, comme dit Callara. Lui, il avait confiance en Spitaleri.

Mais Montalbano n'avait pas l'air convaincu.

— Mais y a querque chose qui colle pas, pour moi.

Le téléphone sonna. C'était Catarella, atterré.

— Sainte Mère ! Sainte Mère ! Sainte Mère !

— Qu'est-ce qui fut, Catarè ?

— Sainte Mère ! Sainte Mère ! Sainte Mère ! Le monsieur et questeur, il est au téléphone !
— Eh beh ?
— Complètement fou, il a l'air, *dottori* ! Sauf votre respect, un chien enragé !
— Passe-le-moi et va te boire un petit cognac pour te remettre de la frousse.
Il mit le haut-parleur, fit signe à Fazio d'écouter.
— Bonjour, monsieur le questeur.
— Bonjour mon cul !
De mémoire de Montalbano, jamais il n'avait entendu Bonetti-Alderighi dire un gros mot. L'affaire devait donc être très grave.
— Monsieur le questeur, je ne comprends pas pourquoi...
— Le questionnaire !
Montalbano se sentit soulagé. C'était tout ? Il eut un petit sourire.
— Mais, monsieur le questeur, le questionnaire en question n'est plus en question.
Ah qu'il était bon, de temps à autre, de suivre l'enseignement du grand maître Catarella !
— Mais qu'est-ce que vous racontez ?
— Je me suis déjà occupé de vous le faire parvenir !
— Bien sûr que vous vous en êtes occupé ! Oh oui !
Et alors, pourquoi il venait les faire chier ? Question qu'il traduisit :
— Et alors, où est le problème ?
— Montalbano, mais alors vous avez vraiment décidé de mettre le paquet pour me faire craquer ?
Ce fut à cause de ce « mettre le paquet » que le commissaire, d'un coup, entra en fureur et, de la résistance, passa à la contre-attaque.
— Mais, bon sang, qu'est-ce que vous racontez ! Vous dites n'importe quoi !
Le questeur fit un effort pour se calmer.
— Montalbano, écoutez. Moi, je suis bien bon mais si voulez me baiser, sachez que...
« Bien bon », maintenant ! Mais il voulait le faire exploser pour aligner ainsi des expressions toutes faites ?

— Dites-moi ce que j'ai fait et ne me menacez pas.
— Qu'est-ce que vous avez fait ? Vous m'avez renvoyé le questionnaire de l'année dernière, voilà ce que vous avez fait ! Vous avez compris ? De l'année dernière !
— C'est drôle, comme le temps passe !
Le questeur avait trop perdu son sang-froid pour même l'entendre.
— Je vous donne deux heures, Montalbano. Trouvez le nouveau questionnaire, répondez aux questions et envoyez-le-moi par fax d'ici deux heures. Vous avez compris ? Deux heures !
Il raccrocha.
Montalbano fixa d'un œil désespéré l'océan de papiers qu'il fallait absolument traverser.
— Fazio, tu peux faire quelque chose pour moi ?
— À vos ordres, *dottore*.
— Tu me flingues ?

En tout, il leur fallut trois heures, deux pour chercher le questionnaire, une pour le remplir. À un certain moment, ils s'aperçurent qu'il ressemblait comme deux gouttes d'eau à celui de l'année précédente, les mêmes questions dans le même ordre, seule la date de l'en-tête changeait. Ils s'abstinrent de tout commentaire, désormais ils n'avaient plus la force de dire ce qu'ils pinsaient de la bureaucratie.
— Catarella !
— Moi voici.
— Envoie ce fax tout de suite et dis au monsieur et questeur de se le fourrer où il sait.
Catarella blêmit.
— Je me sens pas de le faire, *dottori*.
— C'est un ordre, Catarè !
— *Dottori*, si vosseigneurie dit que c'est un ordre...
Il tourna le dos, résigné et se dirigea vers la porte. Il était capable de le faire !
— Non, écoute, expédie le fax sans rien lui dire.

Mais combien de quintaux de poussière est-ce qu'il y a dans les papiers d'un bureau ? À Marinella, il resta une demi-heure sous la douche et changea ses vêtements qui puaient la sueur.

En caleçon, il se dirigeait vers le réfrigérateur pour découvrir ce que lui avait préparé Adelina, quand le téléphone sonna.

C'était Adriana. Elle ne lui dit même pas bonjour, ne lui demanda pas comment ça allait, elle fonça sur ce qui l'intéressait.

— Je vais y arriver, à venir ce soir. Mon amie infirmière n'a pas pu se libérer. Elle viendra chez nous demain matin. Mais toi, le matin, tu travailles, pas vrai ?

— Oui.

— J'ai envie de te voir.

Tais-toi, Montalbano, tais-toi. Coupe-toi la langue, Salvo, mais ne dis pas ce « moi aussi » qui allait t'échapper.

Les paroles de la petite, presque murmurées, lui firent venir une suée.

— J'ai vraiment très envie de te voir.

La suée commença à s'évaporer de sa peau, à devenir une vapeur aqueuse très très légère parce que, malgré les 9 heures du soir, il faisait encore une chaleur à s'évanouir.

— Tu sais quoi ? demanda Adriana, changeant de ton.

— Dis-moi.

— Tu te souviens de mon oncle et ma tante qui devaient repartir pour Milan cet après-midi ?

— Oui.

On ne peut pas dire qu'il gaspillait sa salive avec Adriana.

— Eh ben, ils sont partis d'ici. Mais arrivés à l'aéroport, ils ont su que leur vol avait été annulé comme tant d'autres à cause d'une grève-surprise.

— Et qu'est-ce qu'ils ont fait ?

— Ils ont pris le train, les pauvres. Par cette chaleur, t'imagines le voyage qu'ils vont se taper ! Dis-moi ce que t'étais en train de faire.

— Qui, moi ? arépondit-il, pris par surprise par le soudain changement de sujet.

— Le commissaire *dottor* Montalbano Salvo veut bien dire ce qu'il était en train de faire au moment où il a reçu un coup de fil de l'étudiante Morreale Adriana ?

— J'allais ouvrir le réfrigérateur pour prendre quelque chose à manger.
— Où est-ce que tu mets le couvert ? À la cuisine, comme font d'habitude ceux qui mangent seuls ?
— Je n'aime pas manger à la cuisine.
— Et où tu aimes manger ?
— Sur la véranda.
— Tu as une véranda ? Mon Dieu, quelle merveille ! Sois gentil, mets le couvert pour deux.
— Pourquoi ?
— Parce que je veux y être moi aussi.
— Mais tu viens de dire que tu ne peux pas venir !
— Symboliquement, idiot. J'ai envie que tu prennes une bouchée dans mon assiette et que j'en prenne une dans la tienne.

Montalbano ressentit un léger tournis.
— Bon... bon, d'accord.
— Au revoir. Bonne nuit. Je t'appelle demain. Je t'aime beaucoup.
— Moi au...
— Qu'est-ce que t'as dit ?
— Maudite mouche. Elle vient de me passer sur le nez.

Il avait botté en touche.
— Ah, écoute, j'ai eu une idée. Pourquoi tu ne me convoques pas pour demain matin au commissariat et tu me fais un interrogatoire serré entre quatre yeux comme voudrais me le faire Tommaseo ?

Et elle raccrocha en riant.

Laisse tomber le frigo ! Laisse tomber de manger ! La chose à faire tout de suite, c'était d'aller se jeter à la mer pour nager longtemps, pour qu'elle lui refroidisse la tête et lui abaisse la température du sang, pour l'heure sur le point de bouillir. Elle s'y mettait aussi Adriana, à faire monter la bouffée de chaleur d'août ?

Ce fut précisément tandis qu'il nageait au cœur de la nuit que le tourment commença. Une sensation qu'il connaissait bien. Il se mit à faire la planche, les yeux ouverts à fixer les étoiles.

La sensation était celle d'une vrille, d'une perceuse qui commençait tant bien que mal à lui trouer la coucourde. Et ça faisait le bruit classique de la vrille à chaque tour : vr... vr... vr...

Un grandissime tracassin qui signifiait, et cela ne lui procurait aucune surprise, ça lui arrivait depuis des années, qu'il avait entendu au cours de la journée quelque chose de très important qui pouvait pousser à la résolution de l'enquête et à quoi il n'avait pas tout de suite fait attention.

Mais quand est-ce qu'il l'avait entendu ? Qui l'avait dit ?

Vr... vr... vr...

Une espèce de termite qui le rendait nerveux.

À brassées lentes et larges, il retourna sur la rive.

Il rentra chez lui, comprit que le pétit lui était passé. Alors il prit une bouteille neuve de whisky, un verre et un paquet de cigarettes, s'assit sur la véranda trempé comme il l'était, sans même retirer le maillot.

Pense que j'y repense, il ne lui revenait rin de rin en tête.

Au bout d'une heure, il se rendit. Noir complet. Avant, pinsa-t-il, il lui suffisait d'un peu de concentration pour se faire revenir en tête ce qui l'avait tracassé. Mais avant quand ? se demanda-t-il. *Quand t'étais plus jeunot, Montalbà*, fut la riposte inévitable.

Il adécida de manger quelque chose. Et il s'arappela qu'Adriana lui avait dit de mettre une assiette pour elle aussi... Il fut tenté de le faire, mais se sentit ridicule.

Il mit le couvert seulement pour lui, gagna la cuisine, mit la main sur la poignée du réfrigérateur en pensant encore à Adriana et ressentit une secousse.

Et comment était-ce possible ? Évidemment, le frigo ne fonctionnait pas bien, il était dangereux, il fallait s'en occuper et en acheter un neuf.

Mais comment se faisait-il qu'il avait encore la main sur la poignée et qu'il ne ressentait plus la secousse électrique ?

Tu veux voir qu'il s'agissait non d'une secousse électrique mais de quelque chose en dedans de lui, un court-circuit dans sa tête ?

La secousse était arrivée pendant qu'il pinsait à Adriana ! C'était quelque chose que lui avait dit la petite !

Il retourna de nouveau sur la véranda. Le pétit lui était passé d'un coup.

Et tout à coup, les paroles d'Adriana surgirent dans son esprit. Il bondit sur ses pieds, agrippa les cigarettes, descendit sur la plage, se mit à marcher au bord de la mer.

Trois heures après, il avait fini le paquet et les jambes lui faisaient mal à cause de la grande balade. Il rentra chez lui, regarda la montre. 3 heures du matin. Il se lava, se rasa, s'habilla de pied en cap, se but une cafetière entière. À quatre heures moins le quart, il sortit, monta en voiture et partit.

À cette heure, il voyagerait au frais. Et à son allure à lui, sans avoir besoin de faire la course à la Gallo.

Il était en train d'aller vers un espoir. Tellement subtil, pour ainsi dire fait d'air, qu'il suffirait d'un oui ou d'un non pour le faire évanouir. Pour dire mieux : il était en quête d'une idée folle.

Il arriva à Punta Raisi qu'il était presque 8 heures du matin. Il avait mis le temps qu'un chauffeur normal emploie pour l'aller et le retour. Mais ça avait été un voyage tranquille, il n'avait pas eu chaud et n'avait pas eu l'occasion de s'engueuler avec quelque autre automobiliste.

Il se gara, descendit. On respirait mieux qu'à Vigàta. La première chose qu'il fit fut d'aller au bar : un double espresso serré. Puis il s'aprésenta au commissariat de l'aéroport.

— Le commissaire Montalbano, je suis. Le *dottor* Capuano est là ?

Chaque fois qu'il se retrouvait là pour l'arrivée ou le départ de Livia, il lui rendait visite.

— Il vient juste d'arriver. Vous pouvez entrer, si vous voulez.

Il frappa, entra.
— Montalano ! Tu attends ta fiancée ?
— Non, je suis venu te demander un coup de main.
— À ta disposition. Dis-moi.
Montalbano le lui dit.
— Il va falloir un peu de temps. Mais j'ai la personne qu'il te faut.
Et il appela :
— Cammarota !
C'était un trentenaire noir comme l'encre, aux yeux étincelants d'intelligence.
— Mets-toi à disposition du *dottor* Montalbano qui est un ami à moi. Vous pouvez rester ici et utiliser mon ordinateur, moi, de toute façon, je dois aller chez le questeur.

Ils restèrent enfermés dans le bureau de Capuano jusqu'à midi, consommant deux cafés et deux bières par tête. Cammarota se révéla habile et compétent, il se mit en contact avec ministères, aéroports, compagnies aériennes. À la fin, le commissaire apprit tout ce qu'il voulait apprendre.

Quand il remonta en voiture, il commença à éternuer, effet retard de l'air conditionné.

À mi-route, il vit une trattoria devant laquelle étaient arrêtés trois camions, signe sûr qu'on y mangeait bien. Après avoir passé commande, il alla téléphoner.
— Adriana ? Montalbano, je suis.
— Oh, quelle bonne surprise ! Tu as décidé de me soumettre au troisième degré ?
— Il faut que je te voie.
— Quand ?
— Ce soir, vers 9 heures, à Marinella. On dîne chez moi.
— J'espère réussir à m'organiser. Il y a du neuf ?
Comment avait-elle compris ?
— Je crois que oui.
— Je t'aime beaucoup.
— Ne dis à personne que tu viens chez moi.
— Mais qu'est-ce que tu crois !

Tout de suite après, il appela au commissariat, se fit passer Fazio.
— *Dottore*, mais où est-ce que vous êtes ? Ce matin, je vous ai cherché parce que...
— Tu me le diras plus tard. Moi, je rentre à Palerme, je dois te parler. Retrouvons-nous au commissariat cet après-midi à 5 heures. Laisse tomber les autres tâches, j'y tiens.

Le restaurant avait un énorme ventilateur à pales collé au plafond qui lui fit du bien, lui permit de rester assis sans que la chemise et le caleçon se collent aux poils. Comme prévu, il mangea bien.

Et en remontant en voiture, il pinsa que si à l'aller, l'espoir était mince comme un fil de toile d'araignée, maintenant au retour, il était advenu gros comme une corde.

Une corde d'échafaud.

Il se mit à chanter, faux comme une casserole, « O Lola », air de la *Cavalleria rusticana*.

Arrivé à Marinella, il prit une douche, changea ses vêtements et repartit en hâte pour le commissariat. Il se sentait une espèce de fièvre, il était agité, tout l'agaçait.
— *Dottori, ah dottori !* Il y a eu un appel de...
— Je m'en fous de qui a appelé. Envoie-moi tout de suite Fazio.

Il alluma le micro-ventilateur. Fazio apparut en courant, dévoré tout cru par la curiosité.
— Entre, ferme la porte et assieds-toi.

Fazio s'exécuta et s'assit au bord de la chaise, les yeux pointés sur le commissaire, on aurait vraiment dit un chien de chasse.
— Tu sais que hier, il y a eu une grève à Punta Raisi, ce qui a entraîné l'annulation d'une grande quantité de vols ?
— Je ne le savais pas.
— Moi, je l'ai entendu au journal régional.

C'était une menterie, mais il ne voulait pas lui dire qu'il l'avait appris d'Adriana.
— Très bien, *dottore*, il y a eu une grève. Qui est-ce qui ne fait pas grève ? Mais en quoi ça nous regarde ?

— Ça nous regarde, ça nous regarde.
— J'ai compris, *dottore*. Vosseigneurie le prend de loin passque vous voulez me faire cuire à petit feu.
— Pourquoi, toi, combien de fois, tu l'as fait avec moi ?
— Oh que oui, mais maintenant que vous vous êtes pris votre revanche, parlez.
— Bien, j'ai entendu parler de cette grève et j'y ai pas fait attention. Mais au bout d'un petit moment, une certaine hypothèse commença à prendre forme dedans ma tête. J'y ai réfléchi et tout à coup, chaque détail me fut clair. Éclatant. Alors de bon matin, je me suis rendu à Punta Raisi. Je devais contrôler si cette supposition de départ était confirmée.
— Et elle le fut ?
— Complètement.
— Alors ?
— Alors, ça veut dire que je sais le nom de l'assassin de Rina.
— Spitaleri, dit, très très calme, Fazio.

DIX-HUIT

— Eh non, explosa Montalbano, furieux. Tu peux pas me foutre en l'air mon effet ! Comme ça, c'est pas du jeu ! Le nom, c'était à moi de le dire ! Tu dois avoir plus de respect pour ton supérieur !

— Je ne parle plus, promit Fazio.

Montalbano se calma mais Fazio ne comprit pas s'il était en colère pour plaisanter ou sérieusement.

— Comment t'as deviné ?

— *Dottore*, vosseigneurie est allé à Punta Raisi chercher une confirmation. Jusqu'à preuve contraire, Punta Raisi est un aéroport. Or, parmi les éventuels suspects, qui a pris un avion ? Spitaleri. Angelo Speciale et son beau-fils, eux, ils sont partis en train. Pas vrai ?

— C'est vrai. Alors, quand j'ai entendu le mot « grève », je me suis dit que nous avions toujours tenu pour vrai l'alibi de Spitaleri. Et puis j'avais sûr que les collègues de Fiacca, qui s'occupaient de la disparition, avaient à l'époque mis Spitaleri sur le gril et qu'il s'en était tiré avec l'histoire du voyage à Bangkok. Et comme ça, nous ne lui avons jamais demandé de nous donner la preuve du jour précis où il partit vraiment pour Bangkok.

— Mais, *dottore*, on en a une, de confirmation : Dipasquale et la secrétaire ont reçu de lui un coup de fil passé

d'une escale. Et moi, je suis persuadé qu'il y a bien eu ce coup de fil.
— Et qui te dit qu'il fut passé d'une escale ? Si tu m'appelles d'un téléphone public ou d'un portable, ça n'apparaît pas, d'où tu appelles. Tu peux me dire que tu te trouves à Pétaouchnock ou au Cercle Polaire et moi je ne peux que te croire.
— Vrai, c'est.
— C'est pour ça que je suis allé au commissariat de Punta Raisi. Ils ont été très sympas. Il a fallu quatre heures mais j'ai mis dans le mille. Le 12 octobre tombait un mercredi. Le vol de la Thai décolle de Rome Fiumicino à 14 h 15. Spitaleri est parti pour Punta Raisi pour prendre un avion de Palerme à Rome et arriver à temps pour l'autre vol. Sauf qu'il apprend qu'à Punta Raisi, l'avion qui doit le conduire à Rome partira avec deux heures de retard pour raisons techniques. Donc, il ne pourra pas prendre la correspondance pour Bangkok. Et ainsi, Spitaleri reste bloqué à Punta Raisi. Il réussit à se faire changer le billet pour le lendemain. Pas trop grave, le vol de la Thai du jeudi part à 14 h 15. Jusque-là, nous sommes dans le sûr.
— Dans quel sens ?
— Dans le sens que nous pouvons vérifier ce qu'il t'a dit. Maintenant, faisons une supposition. À savoir que Spitaleri, n'ayant rien à faire à Palerme, s'en retourne à Vigàta. Je crois qu'il a pris la route de Trapani qui, pour arriver ici, le fait passer d'abord par Montereale. Il adécide alors de voir si à Pizzo, ils ont fini de besogner. Garde en tête que la décision de recouvrir définitivement l'appartement abusif, c'est Dipasquale qui la prend le lendemain et donc Spitaleri n'en savait rien. Quand il arrive, il n'y trouve plus personne, ni les maçons, ni Speciale, ni Ralf. Mais il s'aperçoit que le niveau abusif n'a pas été recouvert, qu'on peut y rentrer. À ce point, et c'est la supposition la plus hasardeuse que je fais, il lui arrive de voir Rina dans les parages. Il a dû lui venir en tête que lui, à ce moment, il n'existait pas.
— Comment ça, il n'existait pas ?

— Réfléchis. À Pizzo, Spitaleri à cette heure ne peut pas y être. Pour tout le monde, il est en vol pour Bangkok et à Vigàta il n'est pas encore passé. Donc, personne ne sait qu'il n'est pas parti. Quelle meilleure occasion ? Alors, avec le portable, il appelle le bureau. Et comme ça, il confirme son alibi. Il a l'impression que tout va bien, mais il fait une grosse erreur.
— C'est-à-dire ?
— L'erreur est justement ce coup de téléphone. Visiblement, Spitaleri n'allait plus à Bangkok depuis trois mois au moins, parce que depuis juillet, les vols de la Thai étaient advenus directs, ils ne faisaient plus d'escale.
— Et après, qu'est-ce qui s'est passé, d'après vous ?
— Rappelle-toi toujours que je navigue sur des hypothèses. Se sentant alors en sécurité, il aborde Rina et quand il voit que la petite ne marche pas, il sort le couteau qu'il porte toujours avec lui, il l'avait même pointé contre Ralf comme nous l'a raconté Adriana, et il l'oblige à descendre sous terre. Le reste, tu peux l'imaginer.
— Non, dit Fazio. Je ne veux pas l'imaginer.
— Et ça explique aussi le contrat.
— Celui avec Speciale ?
— Exactement. Celui avec Speciale pour la remise en état de la villa après la régularisation. Il y avait un truc qui me laissait perplexe, à savoir que Speciale soit empêché de s'adresser à toute autre entreprise. Cela voulait dire que Spitaleri voulait être plus que sûr que ce serait lui qui déterrerait le niveau abusif, ce qui lui permettrait de se débarrasser de la malle avec la morte. C'est une idée qui lui vient pendant qu'il est à l'étranger et pour ça, dès qu'il revient, il se précipite chez Speciale en espérant qu'il sera encore à Vigàta. Ça tient, d'après toi ?
— Ça tient.
— Et d'après toi, maintenant, qu'est-ce que je devrais faire ?
— Comment, qu'est-ce que vous devez faire ? Demain matin, vous allez chez le *dottor* Tommaseo, vous lui racontez toute l'affaire et...
— ... et je me fais mettre où je pense.

— Pourquoi ?

— Passque, s'agissant d'une huile comme Spitaleri, Tommaseo ira sur la pointe des pieds. Non content : il va avoir en face des avocats qui vont le manger tout cru. Toucher Spitaleri signifie aller faire chier trop de gens, mafieux, députés, maires. Tout autour de lui, on s'empiffre.

— *Dottore*, Tommaseo est sans doute du genre à perdre la tête devant un jupon mais quant à l'honnêteté...

— Mais Tommaseo, ils en font qu'une bouchée ! Si tu veux, je peux te donner un avant-goût de la ligne de défense de Spitaleri :

« *Mais le matin du 12, mon client est parti de Punta Raisi dans un avion précédant celui qui est tombé en panne.* »

« *Mais dans les noms des passagers des vols précédents, il n'apparaît aucun Spitaleri.* »

« *Mais il y a celui de Rossi !* »

« *Et qui est ce Rossi ?* »

« *Un passager qui a renoncé au vol, permettant à Spitaleri de partir en avance pour prendre le vol pour Bangkok.* »

— Je peux prendre le rôle de Tommaseo, moi ? demanda Fazio.

— Bien sûr.

« *Et comment expliquez-vous le coup de fil depuis l'escale qui n'existait pas ?* »

La question posée, il fixa le commissaire avec un petit air de triomphe. Montalbano rit.

— Tu sais ce que te répond l'avocat ? Comme ça :

« *Mais mon client a téléphoné depuis Rome ! Le vol Thai, ce jour-là, décolla à 18 h 30 et non pas à 14 h 15 !* »

— C'est vrai qu'il partit à cette heure-là ? demanda Fazio.

— C'est vrai. Sauf que Spitaleri ne le savait pas, qu'il y aurait ce retard. Lui, il pensait que l'avion était déjà en vol pour Bangkok.

Fazio eut une moue dubitative.

— Bien sûr, si vous le mettez comme ça...

— Tu vois que j'ai raison ? Ici, nous risquons de jouer la même comédie que pour le maçon arabe.

— Alors, qu'est-ce que vous dites de faire ?

— Que nous devons absolument obtenir des aveux.

— Vite dit !
— Tu vois, c'est même pas sûr qu'avec des aveux nous réussissions à l'envoyer en taule. Il dira que nous les lui avons extorqués par la torture, par les coups. Les aveux, c'est le minimum pour le conduire devant un tribunal.
— Oui, mais comment faire ?
— Un bout d'idée, je l'aurais.
— Vraiment ?!
— Oui. Mais je ne veux pas en parler là. On peut se voir ce soir à Marinella vers dix heures et demie ?

Il arriva à Marinella qu'il était 20 heures. D'abord, il alla sur la véranda.
Pas un souffle de vent, l'air semblait un manteau pesant jeté sur la terre. La chaleur absorbée durant la journée par le sable commençait seulement à s'évaporer et augmentait la température et l'humidité. La mer semblait morte, la mousse blanche du ressac était une espèce de bave.
La nervosité à l'idée de la venue d'Adriana et pour ce qu'il aurait à lui demander le faisait suer comme dans un sauna.
Il se déshabilla, en caleçon, il alla ouvrir le réfrigérateur. Il en resta ahuri. Il s'arappela qu'il n'avait pas regardé dedans depuis qu'Adelina lui avait dit avoir préparé à manger pour deux jours.
Ce n'était pas un réfrigérateur, mais un coin de la Vucciria[1]. Il huma un plat après l'autre, tout était encore frais.
Il mit le couvert sur la véranda. Il porta sur la table olives fraîches et séchées, céleri, *cacciocavallo* et puis six assiettes, une d'anchois, une de calamars, une de petits poulpes, une de sèches, une de thon et une d'oreilles de mer. Chacun était assaisonné de manière diverse. Au frigo, il restait encore à manger.
Puis il se prit une douche, se changea et adécida d'appeler Livia ; il sentait le besoin, la nécessité d'entendre au moins sa voix. Peut-être pour se cuirasser en vue de l'arrivée

1. Célèbre marché qui fut le cœur populaire de Palerme. Son nom vient du français « boucherie ».

d'Adriana ? Lui répondit l'habituelle voix féminine enregistrée disant que le téléphone pouvait être éteint ou la personne appelée non joignable.

Non joignable ! Qu'est-ce que ça voulait dire, merde ?

Mais pourquoi Livia se dérobait juste au moment où il en avait le plus besoin ? Se pouvait-il qu'elle n'entende pas le S.O.S. qu'il était en train de lui envoyer ? Peut-être la demoiselle était-elle trop distraite par les délassements, ou mieux, par les plaisirs que lui procurait le cousin Massimiliano ?

Tandis qu'il s'énervait toujours plus furieusement, sans savoir si c'était un accès de jalousie ou par blessure d'orgueil, on sonna à la porte. Il n'aréussit pas à bouger. Deuxième sonnerie, plus longue.

Et alors, enfin, il alla ouvrit d'une allure à mi-chemin entre celle du condamné à mort conduit à la chaise électrique et celle du garçon de quinze ans à son premier rendez-vous amoureux et déjà tout détrempé de sueur.

Adriana, en jean et chemisier, l'embrassa légèrement sur la bouche, avec quasiment une intimité ancienne, et entra en l'effleurant.

Mais comment se faisait-il qu'avec toute cette chaleur, cette petite sentait toujours le frais ?

— Ça a été dur, mais j'ai réussi à venir ! Tu sais que je suis un peu émue ? Fais-moi voir.

— Quoi ?

— Ta maison.

Elle se la parcourut scrupuleusement, chambre après chambre, comme si elle devait l'acheter.

— Toi, de quel côté tu dors ? lui demanda-t-elle devant le lit.

— Là. Pourquoi ?

— Rien. Curiosité. Comment s'appelle ta fiancée ?

— Livia.

— D'où est-elle ?

— De Gênes.

— Fais-moi voir la photo.

— De qui ?

— De ta fiancée, non ? T'as pas de photo de ta fiancée ?

— Je n'en ai pas.
— Allez, je vais pas la manger.
— C'est vrai, je n'en ai pas.
— Comment ça se fait ?
— Bof.
— Où elle est, en ce moment ?
— Elle est injoignable.
Ça lui avait échappé. Adriana lui lança un regard un peu interloqué.
— Elle est en barque avec d'autres amis, expliqua-t-il.
Pourquoi ne lui avait-il pas dit la vérité ?
— J'ai préparé dans la véranda, viens, dit-il pour la détourner du sujet délicat.

À la vue de la table dressée, Adriana écarquilla les yeux.
— Je sais bien que j'aime manger, mais tout ça... Oh mon Dieu, que c'est beau ici !
— Assieds-toi la première.
Adriana s'assit sur le banc, mais en se plaçant de telle manière que Montalbano, pour s'asseoir à côté d'elle, dut pratiquement se coller à elle.
— Ça ne me plaît pas, dit-elle.
— Quoi ?
— D'être comme ça.
— Tu as raison, on est trop serrés. Mais si tu te déplaçais un peu plus...
— Tu n'as pas compris. Ça ne me plaît pas de manger sans te regarder.
Montalbano alla chercher une chaise et s'assit en face d'elle.
Lui aussi se sentait mieux, à une certaine distance.
Mais comment se faisait-il qu'avec la nuit qui avançait, il faisait encore si chaud ?
— Tu me donnes un peu de vin ?
C'était un blanc fort et glacé. Il descendait que c'était une merveille. Au réfrigérateur, il en avait encore deux bouteilles.
— Avant de commencer, je dois te demander une chose qui me tracasse, dit Montalbano.

— Je ne suis pas fiancée. Et au jour d'aujourd'hui, je ne suis avec personne.

Le commissaire en fut tout embarrassé.

— C'était pas ça que... je ne voulais pas... Tu le connais personnellement Spitaleri ?

— Le constructeur ? Celui qui a sauvé Rina de l'agression de Ralf ? Non, jamais rencontré.

— Et comment ça se fait ? Au fond, ta sœur et toi, vous habitiez à quelques mètres de son chantier.

— C'est vrai. Mais tu vois, durant cette période, j'étais plus souvent chez mon oncle et ma tante à Montelusa que chez mes parents à Pizzo. Je ne l'ai jamais rencontré.

— Tu en es sûre ?

— Oui.

— Et après ? Durant les recherches de Rina ?

— Mon oncle et ma tante m'ont emmenée presque tout de suite à Montelusa. Mes parents étaient trop occupés par les recherches, ils ne dormaient plus, ils ne mangeaient plus. Mon oncle et ma tante ont voulu me tirer de cette atmosphère angoissante.

— Et récemment ?

— Je ne crois pas. Je ne suis pas allée à l'enterrement, j'ai évité les interviews télévisées, il n'y a qu'un journal qui a écrit que Rina avait une sœur mais ils n'ont pas spécifié qu'on était jumelles.

— On commence à manger ?

— Bien sûr. Pourquoi tu m'as demandé ça sur Spitaleri ?

— Je te le dirai après.

— Tu m'avais dit qu'il y avait du neuf.

— De ça aussi, on parlera après.

Ils étaient en train de manger en silence, en se regardant de temps en temps dans les yeux, quand tout à coup, Montalbano sentit un genou d'Adriana s'appuyer contre les siens. Il les ouvrit légèrement et la jambe de la petite se glissa entre les siennes. Puis, de l'autre jambe, elle en emprisonna une de l'homme, la serrant fort.

Ce fut un miracle si le commissaire n'avala pas son vin de travers. Mais il se sentit rougir et entra en fureur contre lui-même.

Ensuite, Adriana montra les oreilles de mer.

— Comment ça se mange ?

— Il faut les tirer de la coquille comme ça, avec cette espèce de pique que je t'ai mise dans les couverts.

Adriana s'y essaya sans y parvenir.

— Donne-la-moi.

Montalbano utilisa la pique, elle ouvrit la bouche, se fit donner la becquée.

— C'est bon. Encore.

Chaque fois qu'elle ouvrait la bouche, attendant le mollusque, Montalbano était au bord de l'attaque.

La bouteille de vin se vida en un viretourne.

— Je vais en chercher une autre.

— Non, dit Adriana en lui serrant plus fort la jambe prisonnière.

Mais tout de suite, elle dut voir l'embarras de Montalbano, son malaise.

— Bon, d'accord, vas-y, dit-elle, le libérant.

Le commissaire, revenu avec la bouteille débouchée, ne s'assit plus sur le siège mais à côté d'Adriana.

Ils finirent de manger et Montalbano débarrassa, laissant bouteille et verres. Quand il s'assit nouvellement, Adriana le prit par un bras et appuya sa tête sur son épaule.

— Pourquoi tu fuis ? demanda-t-elle.

Le moment de parler sérieusement était venu ? Peut-être était-ce le mieux, prendre le taureau par les cornes.

— Adriana, crois-moi, je n'aurais vraiment aucune envie de fuir. Tu me plais comme il m'est rarement arrivé. Mais tu te rends compte qu'entre nous deux, il y a trente-trois ans de différence ?

— J'ai pas dit que je voulais t'épouser !

— Bon d'accord, mais c'est pareil. Moi, je commence à être presque une pièce d'antiquité et ça ne me paraît pas une bonne idée que... Quelqu'un de l'âge convenable, en revanche...

— Et ça serait quoi, l'âge convenable ? Un type de vingt-cinq ans ? Un trentenaire ? Mais tu les as vus ? Tu les as entendus parler ? Tu le sais comment ils se comportent ? Ceux-là, ils savent même pas comment est faite une femme !

— Tu vois, pour toi, je suis un désir passager, mais toi, pour moi, tu risquerais d'être beaucoup plus. À mon âge...

— Assez, avec cette histoire de l'âge. Et ne crois pas que j'aie envie de toi comme je pourrais avoir envie d'un cornet de glace. Au fait, tu en as ?

— De la glace ? Oui.

Il la tira du freezer, mais ne réussit pas à l'entamer, elle était trop dure. Il la porta sur la véranda.

— Crème et chocolat. Ça te va ? demanda Montalbano en se rasseyant.

Et comme avant, elle le prit par le bras et appuya la tête sur son épaule.

Il suffit de cinq minutes pour que la glace devienne mangeable. Et Adriana se la mangea en silence, en restant dans la même position.

Puis, tandis que Montalbano écartait d'elle l'assiette vide, il s'aperçut que la petite pleurait. Il se sentit serrer le cœur. Il tenta de lui faire relever la tête de son épaule pour la regarder en face mais elle résista.

— Il y a autre chose que tu dois considérer, Adriana. Que depuis des années, je suis avec une femme que j'aime. Et que j'ai toujours essayé d'être autant que possible fidèle à Livia qui est...

— Injoignable, dit Adriana en levant la tête et en le fixant dans les yeux.

Il devait arriver la même chose aux châteaux assiégés, dans les guerres d'autrefois. Ils résistaient longtemps, à la faim, à la soif, ils repoussaient avec de l'huile bouillante ceux qui grimpaient aux murs, et ils paraissaient imprenables. Puis un seul coup de catapulte, précis, bien ajusté, faisait crouler d'un coup la porte de fer et les assaillants faisaient irruption sans plus trouver de résistance.

Injoignable, c'était la parole clé utilisée par Adriana. Qu'est-ce qu'elle y avait senti, dans ce mot, la petite, quand il l'avait prononcé ? Sa colère ? Sa jalousie ? Sa faiblesse ? Sa solitude ?

Montalbano l'étreignit et l'embrassa. Les lèvres de la jeune fille avaient le goût de la crème et du chocolat.

Et ce fut comme plonger dans la grande bouffée de chaleur du mois d'août.

Puis Adriana dit :

— Rentrons.

Ils se relevèrent, embarrassés, et à ce moment, on sonna à la porte.

— Qui ça peut être ? demanda Adriana.

— C'est... c'est Fazio. Je lui avais dit de venir. Je l'avais oublié.

Sans un mot, Adriana alla s'enfermer aux toilettes.

Dès qu'il fut sur la véranda, Fazio vit les deux verres.

— Il y a quelqu'un d'autre ?

— Oui, Adriana.

— Ah, et maintenant, elle s'en va ?

— Non.

— Ah.

— Tu veux un verre de vin ?

— Oh que non, merci.

— Un peu de glace ?

— Oh que non, merci.

Il était clair que la prisence d'Adriana l'irritait.

DIX-NEUF

Depuis près d'une heure, ils étaient assis sur la véranda. Mais la nuit désormais bien avancée n'apportait aucun rafraîchissement. Pire, on eût dit que la chaleur s'aggravait toujours plus, comme si au ciel, au lieu d'un croissant de lune, il y avait le soleil à pic.

Montalbano avait à peine fini de parler et il posa un regard interrogatif sur Fazio.

— Qu'est-ce que t'en penses ?

— Vosseigneurie voudrait convoquer à Spitaleri au commissariat, le soumettre à un de ces interrogatoires qui durent un jour et une nuit et quand il est réduit à une estrasse, lui faire surgir devant à l'improviste Mlle Adriana qu'il n'a jamais vue. C'est comme ça ?

— Plus ou moins.

— Et vous pensez que lui, en se voyant devant lui la jumelle de la petite qu'il a tuée, va s'écrouler d'un coup et avouer ?

— Du moins, je l'espère.

Fazio tordit la bouche.

— T'es pas convaincu ?

— *Dottore*, ce type est un délinquant. Il a un culot du fin fond de l'enfer. Du moment que vosseigneurie le fera venir au commissariat, il va se méfier, se blinder passque de vous, il s'attend à n'importe quoi. Et si ça se trouve, même s'il voit la demoiselle et qu'il lui vient une attaque, je suis sûr qu'il nous le laissera pas voir.

— Donc, tu penses que la surprise de la rencontre est inutile ?

— Oh que non, la rencontre peut être utile, mais je crois que c'est une erreur que ça se passe au commissariat.

Adriana qui, jusqu'à ce moment, avait gardé le silence, intervint.

— Je suis d'accord avec Fazio. C'est l'endroit qui marche pas.

— Et ça serait quoi, le bon endroit, d'après toi ?

— L'autre jour, je me suis rendu compte par hasard que dans cette villa, après la régularisation, il y aura d'autres gens qui viendront habiter. Et ça ne m'a pas semblé bien. Que dans ce salon, où Rina a été égorgée, on puisse encore, je sais pas, chanter, plaisanter...

Elle eut une espèce de sanglot. Instinctivement, Montalbano posa une main sur la sienne. Fazio s'en aperçut, mais ne manifesta pas de surprise. Adriana se reprit.

— J'ai décidé d'en parler avec papa.

— Qu'est-ce que tu veux faire ?

— Je veux lui proposer de vendre notre maison de Pizzo et d'acheter la villa. Ainsi, l'appartement abusif ne sera habité par personne, il restera libre en mémoire de ma sœur.

— Et avec ça, où tu veux arriver ?

— Tu viens juste de nous parler de ce contrat d'exclusivité de Spitaleri pour remettre les lieux en état. Bien, moi, demain matin, je vais à l'agence et je dis à ce monsieur, comment il s'appelle...

— Callara.

— Je dis à Callara que nous voulons acheter la villa, avant même la régularisation. Toutes les démarches et les dépenses de la régularisation, nous les prendrons à notre charge. Je lui explique nos raisons, je lui fais comprendre que nous sommes disposés à bien payer. Je le convaincrai, j'en suis sûre. Je lui demande de me donner les clés de l'appartement habité et de m'indiquer quelqu'un pour la remise en état du niveau abusif. À ce point, Callara ne peut que me donner le nom de Spitaleri. Je me fais donner son numéro de téléphone et...

— Attends un instant. Et si Callara veut t'accompagner ?

— Il ne le fera pas, si je ne lui dis pas exactement quand j'irai. Il ne peut pas rester deux jours à ma disposition. Et de plus, je crois que joue en ma faveur le fait que nous avons une maison à quelques mètres de la villa.

— Et ensuite ?

— Ensuite, je téléphone à Spitaleri et le fais venir à Pizzo. Si je réussis à me faire trouver en bas, dans le salon où il a tué Rina, et qu'il me voit pour la première fois...

— Mais tu ne peux pas rester seule avec Spitaleri !

— Je ne serai pas seule, tu te cacheras derrière un de ces montants...

— Comment vous le savez que dans le salon, il y a ces montants ? demanda aussitôt Fazio qui était toujours un bon flic, mais dans une maison amie.

— C'est moi qui le lui ai dit, coupa Montalbano.

Le silence tomba.

— En prenant toutes les précautions, dit au bout d'un moment le commissaire, ça pourrait se faire...

— *Dottore*, je peux parler sans retenue ? s'enquit Fazio.

— Bien sûr.

— La proposition, avec tout le respect dû à mademoiselle, ne me plaît pas.

— Pourquoi ? demanda Adriana.

— Elle est très dangereuse, mademoiselle. Spitaleri se trimbale toujours avec un couteau dans la poche et c'est un homme capable de tout.

— Mais si Salvo est là aussi, il me semble que...

Fazio ne montra aucune surprise devant ce « Salvo ».

— Ça ne me plaît pas dans tous les cas. Il n'est pas normal de vous mettre en danger.

Ils discutèrent encore une demi-heure. À la fin, ce fut Montalbano qui décida.

— Nous ferons comme a dit Adriana. Pour plus de sécurité, toi, Fazio, tu seras dans les parages, peut-être avec un autre de nos hommes.

— Comme veut vosseigneurie, se rendit Fazio.

Il se leva, salua Adriana, se dirigea vers la porte suivi du commissaire. Mais avant de sortir, il le fixa dans les yeux.

— *Dottore, ci pinsasse bono,* pensez-y bien, avant de dire oui définitivement.

— Assieds-toi, lui lança Adriana quand elle le vit revenir.

— Je suis un peu fatigué, dit Montalbano.

Quelque chose avait changé et la petite le comprit.

Dans son lit solitaire, sur le drap humide de sueur, Montalbano passa une nuit 'nfâme, tantôt se traitant de con total, tantôt se trouvant ressembler comme deux gouttes d'eau à saint Louis Gonzague, à saint Alphonse de Liguori, à un de ceux-là, en somme.

Le premier coup de fil d'Adriana lui arriva au commissariat à 5 heures de l'après-déjeuner du lendemain.

— Callara m'a donné les clés. Il est enthousiaste à l'idée de vendre tout de suite. Il doit être très avare, ce type à l'idée que nous nous prendrions les frais pour la régularisation, il était sur le point de s'incliner jusqu'à terre.

— Il t'a dit, pour Spitaleri ?

— Il m'a carrément montré le contrat passé avec Speciale. Il m'a aussi donné le numéro de portable de Spitaleri.

— Tu l'as appelé ?

— Oui. J'ai parlé directement avec lui. Nous nous sommes donné rendez-vous pour demain à 19 heures. Et nous, qu'est-ce qu'on décide ?

— Nous, on se voit à la villa à 17 heures, comme ça nous aurons le temps de tout bien organiser.

Le second coup de fil, en fait, lui arriva à Marinella qu'il s'était fait les 10 heures du soir.

— L'infirmière vient d'arriver. Elle va passer la nuit. Je peux venir te trouver ?

Qu'est-ce que ça signifiait ? Qu'elle voulait passer la nuit avec lui à Marinella ?

Tu veux rigoler ? Il n'y arriverait plus à jouer les saint Antoine tenté par le démon.

— Écoute, Adriana, je...

— Je suis très nerveuse et j'ai besoin de compagnie.

— Je te comprends très bien, moi aussi je suis très nerveux.

— Je viendrai juste pour un bain de nuit. Allez.

— Pourquoi tu ne vas pas te coucher ? Demain, ça va être une journée dure.

Petit rire de la fille.

— Tranquille, j'amène le maillot.

— Bon, d'accord.

Pourquoi avait-il consenti ? Par fatigue ? À cause de la chaleur qui anéantissait la volonté ? Ou simplement parce qu'il avait envie, tellement envie, de la revoir ?

La petite nageait qu'on aurait dit un dauphin. Et Montalbano éprouvait un plaisir nouveau à sentir ce jeune corps à côté du sien en train de faire les mêmes mouvements comme par une longue habitude de nager ensemble.

En outre, Adriana avait une résistance qu'elle aurait pu arriver jusqu'à Malte. À un certain moment, Montalbano n'en pouvait plus et il se mit à faire la planche. Elle revint en arrière et flotta tout près de lui.

— Où as-tu appris à nager ?

— Petite, j'ai pris beaucoup de leçons. Quand je suis ici, l'été, je suis tout le jour dans la mer. À Palerme, je vais à la piscine deux fois par semaine.

— Tu fais beaucoup de sport ?

— Je vais au gymnase. Et je sais aussi tirer.

— Vraiment ?

— Oui, j'avais un... disons un fiancé qui était presque un maniaque. Il m'emmenait au polygone de tir.

Un très léger pincement, non de jalousie, mais d'envie pour ce jeune ex disons fiancé qui l'avait pratiquée sans problème et à l'âge convenable.

— On rentre ? demanda Adriana.

Ils rentrèrent en prenant leur temps. Ni l'un ni l'autre ne voulaient laisser finir cette espèce de magie de leurs corps qu'ils ne pouvaient voir dans le noir de la nuit et qu'ils sentaient donc encore plus à travers le souffle ou un contact occasionnel.

Et ce fut à deux ou trois mètres du rivage, là où l'eau arrivait à la taille qu'Adriana, qui marchait en tenant Montalbano par la main, se cogna le pied contre un bidon de métal qu'un quelconque fils de radasse avait jeté à la mer, et elle tomba en avant. D'instinct, Montalbano la retint par la main mais, peut-être parce qu'il s'atrouvait déséquilibré, il tomba lui aussi sur la jeunette.

Ils réémergèrent entortillés l'un à l'autre, presque une lutte, le souffle court comme après une longue apnée. Adriana glissa nouvellement et tous deux s'effondrèrent sous l'eau toujours embrassés. Ils remontèrent à la surface encore plus serrés puis se noyèrent définitivement dans une autre mer.

Quand, beaucoup plus tard Adriana s'en fut, pour Montalbano commença une autre nuit dégueulasse, faite de remuements, de viretournes, de fournaise.

La chaleur, naturellement. Le sentiment de culpabilité, bien sûr. Un peu de vergogne, aussi. Même une pointe de mépris de soi. Et disons aussi une pincée de remords.

Mais surtout, une grandissime mélancolie pour une question qui l'avait pris par traîtrise : s'il n'avait pas eu cinquante-cinq ans, est-ce qu'il n'aurait pas su dire non ? Non à Adriana, non à lui-même ? Et il n'y avait qu'une seule réponse : oui, il aurait su dire non. Du reste, c'était déjà arrivé.

Et alors, pourquoi maintenant, tu as cédé à cette partie de toi que tu as toujours su tenir tranquille ?

Passque je suis plus aussi fort qu'avant. Et je le savais.

Donc, c'est justement cette conscience de ta vieillesse prochaine qui t'a rendu faible devant la jeunesse, devant la beauté d'Adriana ?

Et cette fois aussi, l'amère réponse fut oui.

— *Dottori*, qu'est-ce qui fut ?
— Pourquoi ?

— Vous avez une de ces têtes ! Vous vous sentez mal ?
— Je n'ai pas dormi, Catarè. Envoie-moi Fazio.

Fazio non plus n'avait pas bonne mine.

— *Dottore*, cette nuit, je n'ai pas fermé l'œil. Vous êtes sûr de ce qu'on est en train de faire ?
— Je ne suis sûr de rien. Mais c'est le seul moyen.

Fazio écarta les bras.

— Mets quelqu'un dès maintenant de garde à la villa. Je ne voudrais pas qu'un quelconque imbécile entre dans l'appartement abusif et foute tout en l'air. Tu le fais repartir à 5 heures, parce qu'à cette heure nous serons déjà là. En outre, fais-toi faire une rallonge électrique d'une vingtaine de mètres avec une barrette de trois prises. Branche trois lampes de garagiste, tu sais celles qui ont l'ampoule protégée par une grille ?
— Oh que oui. Mais à quoi ça vous sert, tout c'te matériel ?
— On prend l'électricité à la prise à côté de la porte de la villa et on la conduit jusqu'à l'appartement abusif, comme a fait Callara avec le géomètre. À la multiprise, on branche les trois lampes de garage, deux desquelles vont dans le salon. Au moins, il y aura un peu de lumière.
— Mais avec tout ce bazar, Spitaleri ne risque pas d'avoir des soupçons ?
— Adriana pourra toujours dire que c'est Callara qui le lui a remis. Qui tu emmènes avec toi ?
— Galluzo.

Il ne fut capable de rin faire, ne prit pas les coups de fil, ne signa pas de papiers. Il resta la tête proche du mini-ventilateur. Par instants lui venaient à l'esprit des images d'Adriana et lui la nuit précédente et il les effaçait aussitôt. Il voulait se concentrer sur ce qui pourrait arriver avec Spitaleri, mais il n'y arrivait pas. En plus, ce jour-là, la brûlure du soleil aurait rôti un lézard. C'était comme un feu d'artifice quand vers la fin, on balance dans le ciel les fusées les plus colorées, qu'explosent les bombes les plus puissantes : ainsi, le mois d'août, dans ses derniers jours, balançait ses journées les plus brûlantes, les plus ardentes. Au bout d'un temps qu'il n'aurait su déterminer, passa Fazio, qui lui dit qu'il avait tout le matériel.

Ils se mirent d'accord pour se retrouver à 17 heures à la villa.

Il n'avait pas envie de sortir manger. De toute façon, il n'avait pas de pétit.

— Catarella, ne me passe pas de coups de fil et ne fais entrer personne dans mon bureau.

Comme l'autre fois, il ferma la porte à clé, se déshabilla, orienta le micro-ventilateur vers le fauteuil qu'il avait placé près du bureau. Au bout d'un moment, il s'assoupit.

Il s'aréveilla à 16 heures. Il alla dans la salle de bains, se mit nu, se lava avec une eau si chaude qu'elle lui parut de la pisse, se rhabilla, sortit, prit la voiture et partit pour Pizzo.

Devant la villa se trouvaient les voitures d'Adriana et de Fazio. Avant de descendre, il ouvrit la boîte à gants, prit le pistolet, se le glissa dans la poche arrière du pantalon.

Tout le monde était au salon. Adriana lui sourit et lui tendit une main, cette fois glacée, un frigo.

Formelle, peut-être à cause de la présence de Galluzzo ?

— Fazio, tu as apporté le matériel ?

— Installez tout de suite la lumière.

Fazio et Galluzzo sortirent. Adriana ne leur laissa pas le temps d'arriver à la porte qu'elle étreignait Montalbano.

— Tu me plais encore plus.

Et elle l'embrassa. Il réussit à résister, la repoussa légèrement.

— Adriana, essaie de me comprendre, je dois rester lucide.

Un peu déçue, la jeunette s'en alla sur la terrasse. Il s'aprécipita dans la cuisine, par chance dans le réfrigérateur, il y avait une bouteille d'eau froide. Pour éviter les complications, il ne bougea plus de là. Au bout d'un moment, il entendit Galluzzo l'appeler.

— *Dottore*, vous voulez venir voir ?

Fazio avait placé une lampe juste hors de la petite salle de bains et les deux autres dans le salon. Mais la lumière suffisait à peine pour voir où on mettait les pieds, les yeux disparaissaient, les bouches étaient des trous noirs, les ombres sur les murs devenaient gigantesques. Parfaite ressemblance avec un film d'horreur. Là-dessous, on étouffait, la respiration était difficile, on se serait cru dans un sous-marin depuis longtemps en plongée.

— C'est bon, dit Montalbano. Sortons.

Et dès qu'ils furent dehors :

— Enlevons tout de suite les voitures de là. Il faut qu'il ne reste plus que celle de la demoiselle. Adriana, donne-moi les clés de ta maison.

Il les prit, les donna à Fazio. Puis il tira celles de sa voiture et les tendit à Galluzzo.

— Tu emmènes la mienne. Garez-les derrière la maison de la demoiselle de manière qu'on ne les voie pas de la route. Ensuite, entrez dans la maison et mettez-vous à deux fenêtres différentes pour voir quand Spitaleri arrive. Dès qu'il se pointe, toi, Fazio, tu m'avertis avec une seule sonnerie sur mon portable. C'est clair ? Quand Spitaleri descend, vous devez être déjà arrivés en courant et vous vous placez de manière que, quoi qu'il arrive, il ne puisse pas s'échapper. C'est clair ?

— Très clair, dit Fazio

Ils restèrent une heure à s'étreindre sur le canapé sans échanger un mot.

Non parce qu'ils n'avaient rien à se dire, mais parce qu'ils sentaient que c'était mieux comme ça. À un certain moment, le commissaire regarda sa montre.

— Plus que dix minutes. Il vaut peut-être mieux descendre.

Adriana prit le sac à bandoulière qu'elle avait apporté avec dedans les documents de la villa, se l'accrocha au cou.

Quand ils furent dans le salon, Montalbano alla tout de suite essayer sa cachette derrière les montants. Il y avait peu d'espace, ils étaient trop collés au mur. Suant et jurant, il les déplaça, leur donnant une plus grande incli-

naison. Il essaya nouvellement, maintenant il y tenait mieux, il pouvait bouger sans gêne.
— On me voit ? demanda-t-il à Adriana.
Pas de réponse. Il sortit la tête et vit la gamine, au milieu du salon, qui vacillait d'avant en arrière. Il comprit immédiatement qu'Adriana était envahie, au dernier moment, par un coup de panique. Il courut auprès d'elle et elle l'étreignit en tremblant.
— J'ai peur, j'ai tellement peur.
Elle était bouleversée. Montalbano se traita de crétin, il n'avait pas pinsé à l'influence de cet endroit sur les nerfs de la petite.
— Laissons tout tomber, allons-nous-en.
— Non, dit-elle. Attends.
Elle faisait un effort pour se contrôler, et ça se voyait.
— Donne... donne-moi ton pistolet.
— Pourquoi ?
— Je le garde, moi. Je me sentirai plus en sécurité. Je le mets dans le sac.
— Adriana, rends-toi compte que...
Et à ce moment, ils entendirent, très près, la voix de Spitaleri.
— Mademoiselle Morreale, vous êtes là ?
Il devait appeler depuis la petite fenêtre. Comment se faisait-il que le portable n'ait pas fonctionné ? Peut-être que ça ne passait pas, là-dessous ? D'un geste rapide, Adriana lui ôta le pistolet des mains, le mit dedans le sac.
— Je suis là, monsieur Spitaleri, dit-elle, soudain calme, d'une voix presque joyeuse.
Montalbano eut à peine le temps de se cacher.
Il entendit les pas de Spitaleri qui entrait dans le salon. Et encore la voix d'Adriana, mais cette fois complètement changée, argentine, comme celle de l'adolescente qu'elle avait été :
— Viens, Michele.
Comment se faisait-il qu'elle connaisse le prénom de Spitaleri ? Elle l'avait lu dans les papiers que lui avait donnés Callara ? Et pourquoi est-ce qu'elle le tutoyait ?

Et puis, ce fut le silence. Qu'est-ce qui se passait ? Et tout à coup, il entendit un petit rire, mais comme brisé en mille morceaux, comme des bouts de verre tombant à terre. C'était Adriana qui riait comme ça ? Et puis, enfin, la voix de Spitaleri.

— Tu... tu n'es pas...

— Tu veux essayer avec moi, ce coup-ci, hein ? Vas-y, tente le coup, Michele, regarde, comment tu me trouves ?

Montalbano entendit un bruit d'étoffe froissée. Sainte Mère, mais que faisait Adriana ? Et alors, arriva le hurlement de Spitaleri.

— Moi, je te tue toi aussi ! Radasse ! T'es une pute pire que ta sœur !

Montalbano bondit au-dehors. Adriana avait ouvert son chemisier en le déchirant, elle avait les seins à l'air. Spitaleri tenait un couteau à la main et avançait sur elle. Il marchait d'un pas raide, on eût dit une poupée mécanique.

— Halte ! cria le commissaire.

Mais Spitaleri ne l'entendit même pas, il fit un autre pas. Et Adriana tira sur lui. Un seul coup de feu. Au cœur, comme elle s'était exercée à le faire au Polygone. Tandis que Spitaleri tombait sur la malle, Montalbano courut à Adriana, lui ôta le pistolet de la main. Ils se fixèrent, de très près. Et alors, le commissaire, sentant que le sol se dérobait sous ses pieds, comprit.

Fazio et Galluzzo déboulèrent, armes au poing, et se figèrent.

— Il a tenté aussi avec elle, dit Montalbano tandis qu'Adriana essayait de se cacher la poitrine avec le chemisier déchiré. Et j'ai dû lui tirer dessus. Regardez, il a encore le couteau en main.

Il jeta le pistolet à terre, sortit du salon et dès qu'il fut hors de l'appartement abusif, il se mit à courir comme s'il était poursuivi. Il descendit deux à deux les marches de l'escalier conduisant à la plage et arrivé sur le sable, se déshabilla complètement, en se foutant d'un couple qui le regardait, blême, et se jeta à la mer.

Il nageait et pleurait. De rage, d'humiliation, de honte, de déception, il chialait sur son orgueil blessé.

De ne pas avoir compris qu'Adriana s'était servie de lui pour arriver à son but qui était de tuer de ses propres mains la pirsonne qui avait égorgé sa sœur.

Avec les faux « je t'aime beaucoup », la fausse passion, la fausse peur, elle l'avait amené un pas après l'autre jusque-là où elle voulait arriver. Il avait été une marionnette entre ses mains.

Rien qu'un thiâtre, rien qu'une fiction.

Et lui, vieux, ébloui par la beauté et perdu à la poursuite de cette jeunesse qui l'enivrait, il s'était fait avoir, à cinquante-cinq ans bien sonnés, comme un minot.

Il nageait et il chialait.

Composé par Nord Compo Multimédia,
7, rue de Fives, 59650 Villeneuve-d'Ascq

FLEUVE NOIR
12, avenue d'Italie
75627 Paris Cedex 13

Cet ouvrage a été imprimé en France par

à Saint-Amand-Montrond (Cher)
en décembre 2008

N° d'édition : RO 8605/01. — N° d'impression : 083845/1.
Dépôt légal : janvier 2009.